KB135389

박교수와 신군의 글쓰기 여행

소논문 쓰기, 어떻게 할까?

박교수와 신군의 글쓰기 여행

소논문 쓰기, 어떻게 할까?

신승제 박규철 지음

한국학술정보

좋은 글쓰기의 최고 비결은 좋은 독자가 되는 것이다.
좋은 글을 읽었을 때 자꾸만 다시 읽어보고 싶고,
다 외웠으면서도 또다시 보고 싶은 그런 설레는 마음,
그 뜨거운 문장들에 남은 작가들의 입김이
나를 글 쓰는 사람으로 만든 원동력이다.
그리고 일단 컴퓨터 앞에 앉아서 뭐든 써보는 것도 중요하지만,
기계 앞에 앉기 전에 우선 얼마나 많은 고민과 구상의 시간을 견딜 수 있느냐가
진정한 글쓰기의 재능인 것 같다.
글을 쓸 때는 인터넷, 휴대전화, 텔레비전도 모두 꺼버리고
오직 '나'와 '글'만이 남는다.
그런 집중력이 글쓰기의 진정한 희열이다.

정여울(문학비평가), 『그림자 여행』 중에서

"교수님, 소논문을 어떻게 하면 잘 쓸 수 있을까요?"

나는 매 학기 우리 학생들로부터 이러한 질문을 수없이 듣는다. 중고등학교 때 글쓰기 공부를 하고, 대학교 들어와서는 글쓰기 강좌나 영어 글쓰기 수업 등을 수강한 학생들도 똑같은 질문을 할 때면, 나는 그들에게 "논술은 공부했나?", "글쓰기 수업은 어느 선생님한테 들었지?" 등의 말로 그들의 글쓰기 실력의 문제가 무엇인지를 짚어보곤 하였다. 다년간의 경험을 통해 내 나름대로 관찰하여 내린 결론은 많은 글쓰기 수업을 경험하였음에도 불구하고, 대부분의 학생들이 소논문 작성법에 대한 명확한 이해를 결여하고 있다는 것이다. 이에 나는 그들을 위해서 하나의 방법론을 전해주고파 이 책을 집필하게 되었다.

다른 글쓰기 책들과 달리, 이 책에서는 소논문을 잘 작성할 수 있는 방법론을 집중적으로 다루고 있다. 맞춤법이나 띄어쓰기 그리고 다양한 표현주의적 글쓰기 사례 등은 과감히 배제하였다. 기초적인 글쓰기를 강의하는 많은 책들에서 그러한 지식은 충분히 얻을 수 있으리라 생각해서였다. 오히려 이 책에서는 처음부터 끝까지 소논문을 잘 쓸 수 있는 방법론만을 강의하고 있다.

그런데, 이 책은 나 혼자 지은 것이 아니다. 나의 제자로서 내 <글쓰기> 수업과 <논리와 소통> 수업에서 우수한 성적을 거두었던 신승제 군과 함께 집필하였다. 내가 가르쳐 본 경험에 근거해 판단해 볼 때, 신군은 글쓰기 실력이 아주 뛰어난 학생으로, 본인의 강의를 잘 이해했을 뿐만 아니라, 우리 글쓰기 방법론에 입각해 자신의 생각을 완성하는 데에도 탁월한 능력을 지니고 있었다. 그래서 나는 신군과의 대화와 공동 작업을 통하여 학생들이 소논문 과제를 수행하면서 겪는 다양한 어려움들을 극복할 수 있는 하나의 길을 제시하였다고 자부한다.

『소논문 쓰기, 어떻게 할까? - 박교수와 신군의 글쓰기 여행』은 총 12주 과정으로 구성되어 있다. 각 과정은 2개의 독립된 수업이 가능하도록 짜여 있으며, 이 과정을 충실히 따라오면 학기말에 A4 10페이지 내외의 소논문을 충분히 작성할 수 있는 실력을 갖추게 될 것이다. 한 주에 2-3개의 과정을 마스터하면, 중간고사 전후로도 소논문을 완성하여 제출할 수 있을 것이다. 물론 개인차가 있을 것이다. 하지만 이 책에서 제시하는 방법론을 잘 따라온다면, 빠른 시간 안으로 글쓰기 실력을 갖출 수 있을 것이라 믿는다.

책이 나오기 까지 수고해주신 출판사 직원들과 사장님께 감사의 말씀을 올린다. 책에 등장하는 오류는 지적해주면 언제든지 고칠 준비가 되어 있다. 모쪼록 이 자그마한 책이 학생들의 글쓰기 공부에 큰 기회가 되었으면 한다.

2017년 1월 30일
박규철·신승제

목
차

나는 아무것도 없이 시작했어요.
하지만 내 선천적인 재능 못지않게 후천적인 단련을 열심히 했어요.
제아무리 뛰어난 자라도 끊임없이 단련을 받아야 하니까요.
바람이 불고, 비바람이 쳐야 더 단단해지는 법이잖아요.
글도 마찬가지예요.

고은(시인), 『명사들의 문장강의』 중에서

— — —

글쓰기란 불굴의 노력이 관건이다.
의심할 여지가 없다.

로버트 마셀로(미국 소설가, 언론인)

소논문 쓰기에 들어가며

신 : 교수님, 친구들이 자꾸 소논문 쓰기가 너무 어렵다고 해요. 심지어 자기는 글쓰기에 재능이 없다고 생각하면서 자책하는 친구도 봤어요. 이런 친구들에게 어떻게 하면 소논문과 비판적, 논리적 글쓰기 방법을 쉽고 재미있게 알려줄 수 있을까요?

박 : 지금까지 다년간 강의를 하면서 항상 강조한 말이 있어. '문학적 글쓰기는 재능의 영역이지만, 학문적 글쓰기는 노력의 영역'이라는 말이야. 유명한 시인이나 소설가들이 말하는 것처럼, 우리가 시를 쓴다거나 소설을 쓰는 것은 자신의 감정을 아름답게 표현할 수 있는 재능이 필요하지만, 소논문이나 연구 보고서 등의 비판적 글쓰기, 학문적 글쓰기는 문학적 재능이 필요하지 않다는 거야. 학문적 글쓰기를 잘하는 것은 노력과 연습의 영역이라고 생각해.

신 : 연구 보고서, 혹은 소논문을 작성하는 방법을 배우려고 하는 친구들은 '소논문', '논리적 글쓰기'에 익숙하지 않은 친구들인데, 어떻게 하면 '노력'을 통해 글을 잘 쓸 수 있다는 것을 알려줄 수 있을까요?

박 : 우선 '글쓰기'와 '글짓기'의 차이점에 대해 알려줘야 하지 않을까? '글짓기'는 문학의 영역. 자신의 감정을 아름다운 언어로 표현하여 여러 사람들에게 메시지를 전달하고자 하는 감각적인 영역이지만, 우리가 지금 이야기하고 있는 '글쓰기'는 이런 표현을 중요시하는 것이 아니라 다양한 주제에 대하여 분석하고, 다양한 관점에서 그 주제를 바라본 다음 내가 하고 싶은 말을 논리적으로. 근거를 들어서. 내 주장이 옳은 이유를 쓰는

글이야. 문학적인 표현을 쓸 일도 없고, 명확한 '나의 주장'과 다양한 '근거'를 가지고 자신이 쓰고자 하는 분야에 대하여 한 편의 글을 완성해내는 것이기 때문이지. 누구나 열심히 노력하면 잘 할 수 있는 것이란다.

신 : 어떻게 하면 글을 쓰는 방법을 체계적으로 배워볼 수 있을까요? 시중에 파는 글쓰기 책을 따라 다양한 책을 읽고 책에서 제시된 글들을 써보면 자연스럽게 실력이 늘 수 있을까요?

박 : 글쎄다. 물론 그런 방법을 통해서도 자신의 글쓰기 실력을 키울 수 있겠지. 하지만 그런 책들은 '학문적 글쓰기', '소논문 쓰기'를 연습하는 것이 아니라, 그냥 글쓰기와 관련된 다양한 주제문들을 제시해 놓고, 그것을 읽고 자신의 생각을 책의 가이드라인에 맞춰 쓰는 것이 대부분이야. 체계적으로 글쓰기 방법론을 배우기에는 적합하지 않다고 할 수 있지.

신 : 그래서 이 책을 적겠다고 생각한 거군요.

박 : 맞아. 글쓰기 강의를 오래도록 진행하다 보니, 어떻게 하면 학생들이 글을 잘 쓸 수 있도록 체계적으로 도와주고, 어떤 자료를 어떻게 주어야 차근차근 실력을 쌓을 수 있을까에 대한 데이터들이 많이 쌓였거든. 지금까지는 그냥 내가 정리한 자료들을 제본해서 수업자료로 제공하는 데 그쳤지만, 대학교에 들어와서, 혹은 다양한 일을 하면서 소논문이나 연구 보고서 등을 작성하는 데 어려움을 겪는 사람들이 많다는 이야기를 듣고 '글쓰기, 누구나 잘 할 수 있다는 것을 알려주고 싶다'고 생각해 집필을 계획하게 되었어.

신 : 이 책에서 나눈 다양한 이야기들을 통해서 독자들의 실력이 차곡차곡 쌓여 '글쓰기'를 두려워하는 사람들이 없어졌으면 좋겠어요.

박 : 그렇게 될 수 있도록 우리가 체계적으로 내용을 잘 전달해야겠지(하하).

1 주차

비판적 사고와 논리적
글쓰기란 무엇인가?

1. 비판적 사고란 무엇인가?

신 : 교수님, 비판적 사고가 뭘까요?

박 : 비판적 사고라. 어려운 질문이네. 비판적 사고를 이해하기 위해서는 우선 비판의 뜻에 대해 살펴봐야겠지. 신군은 비판이 뭐라고 생각해?

신 : 음.. 비판이라. 옳고 그름을 따지고 판단하는 것. 그리고 그 과정 속에서 비판하는 대상에 담겨 있는 진의를 밝혀내는 것. 그것이 바로 비판이 아닐까요?

박 : 맞아. 비판은 한자로 비평할 비(批) 자와 판단할 판(判)이라고 하는데, 그 어원을 분석해 보면 손 수(手) 변에 견줄 비(比) 자 합쳐진 비, 그리고 반 반(半) 자와 칼 도(刀) 자로 이루어져 있어. 사물의 잘잘못을 서로 견주어 가려낸다 혹은 큰 칼로 소를 절반으로 자르듯이 어떤 사물을 쪼개고 나눈다는 의미야. 사물을 쪼개고 나누어서 분석, 판단한다는 것이 비판이라는 말의 뜻이지.

신 : 비판이라는 말의 어원이 그렇게 형성되었군요. 그럼 영어로 '비판'을 의미하는 Criticism도 나누다, 구분하다 이런 의미의 어원을 가지고 있나요?

박 : 맞아. Criticism이라는 단어는 라틴어 criticus가 어원인데. 마찬가지로 구분하다. 분석하다. 식별하다. 라는 의미를 가지고 있지.

신 : 그럼 비판적 사고는 다른 사람들이 주장하는 것이나 우리가 바라보는 현실 등에 대한 분석을 통해 그것이 과연 올바른지. 합리적인지를 생각해보는 사유(思惟)[1] 과정을 의미하는 것이겠네요.

박 : 그렇기 때문에 현대 사회를 살아가는 우리들에게 비판적 사고

---

1) 사유(思惟) : 대상을 두루 생각하는 일.

는 정말 중요하다고 할 수 있어. 글쓰기 이론을 살펴보면, 비판적 사고는 타자의 주장이나 논증에 대한 '회의2)적 태도', '엄밀한 분석', 그리고 '설득의 방법'이라는 3가지의 특징을 가지고 있단다.

신 : 그런데, 무조건 회의적으로만 생각하면 문제가 있지 않을까요? 모든 대상에 대해 의심을 품으면…….

박 : 여기서 말하는 회의적 사고는 무조건적인 의심이나 불신을 의미하는 것이 아니야. 비판적 사고에서 말하는 회의적 방법은, '지금 우리가 알고 있는 것들이 사실이 아닐 수도 있으며, 비록 사실일지라도 전체의 한 부분에 지나지 않는, 파편적인 것일 수도 있다'는 것을 인정하는 개방적인 인식의 태도란다.

신 : 그럼, 앞에서 말씀하신 '엄밀한 분석', '설득의 방법'도 일반적인 뜻과 다른 의미를 가지고 있나요?

박 : 아니. '엄밀한 분석'은 말 그대로 엄밀한 분석이란다. 비판적 사고는 입장이나 논증에 대한 판단을 하는 것이기 때문에, 그 사람이 하는 주장, 혹은 그 근거에 대한 엄밀한 분석이 전제된다는 것이지. '설득의 방법'도 마찬가지야. 우리는 살아가면서 끊임없이 우리들의 주장이나 입장을 다른 사람에게 설득해야 하잖니. 비판적 사고에 근거한 논증을 통해 타인을 설득하는 것. 바로 그것이 우리가 이 책을 통해 배워야 하는 것이란다.

신 : 그럼 결국 비판적 사고라는 것은 비판적으로 생각하는 것. 글을 읽는 것 등 우리가 살아가는 일상 속에서 벌어지는 다양한 일들에 대해 생각하고. 분석하여 평가하는 지적 판단 작용 전체를 말하는 것이겠네요.

박 : 그렇지. 아주 잘 이해했어. 특히 글을 읽거나 쓸 때 우리의 이런

---

2) 회의(懷疑) : 의심을 품음. 또는 그 의심.

비판적 사고가 큰 역할을 한단다. 앞서 중요하다고 언급했던 주장이나 결론에 대한 회의적 태도를 가지고 글을 분석하는 것이지.

신 : 요즘 정말 사회적으로 다양한 일들이 벌어지면서 일어나는 사건들에 대한 많은 텍스트를 받아들이고 있는데, 비판적 읽기 능력을 기르면 이런 많은 글들 중에서 어떤 것을 어떻게 받아들여야 하는지. 이 현상을 어떻게 이해하고, 변화해야 하는지에 대해 잘 알 수 있겠네요.

박 : 비판적 읽기 능력을 강화하려면 다른 사람이 쓴 글의 내용이나 구조에 대한 꼼꼼한 이해가 전제되어야 해. 그럼 내가 가지고 있는 배경지식이나 경험도 중요하다고 할 수 있지. 그렇기에 우리가 학습을 하는 거고, 고전이나 고전에 준하는 저작들을 많이 읽는 것이 아닐까? 읽고 받아들임으로써 학술적 글쓰기의 기초실력을 배양하는 것이지.

신 : 그렇군요. 그럼 대학에서의 글쓰기를 잘 해내기 위해서는 비판적 사고 능력을 강화하는 것이 꼭 필요하겠어요. 어떻게 하면 이런 능력을 키울 수 있을까요?

박 : 간단해. 우리가 일상생활 속에서 접하는 다양한 정보를 돌이켜보는 것이지. 가령 책을 읽었다면 글쓴이가 이 책을 무슨 의도로 지었을까, 이 책이 말하고자 하는 바는 무엇일까 생각해보는 것 말야.

신군이 꼭 전달하고 싶은 이 책의 목표

소논문 작성, 즉 연구보고서 작성에 대해 이해하고 글쓰기를 두려워하지 않을 수 있었으면 좋겠다는 마음에서 이 책을 쓰게 되었습니다. 그리고 보고서를 작성하며, (1) 자신과 반대되는 주장을 넣고 (2) 논쟁이 되는 주제 중에서 한 가지 입장을 선택하여 주장이 어째서 옳은지 (3) 다른 주장은 어째서 틀린지를 확실하게 짚을 수 있었으면 좋겠습니다. 이것이 소논문의 핵심입니다.

이 책을 읽으며 꼭 기억해줬으면 하는 박교수의 TIP

1. 글쓰기와 글짓기의 차이를 알아야 한다. 글짓기는 자신의 생각과 느낌을 기반으로 하여 표현하는 것이라면, 글쓰기는 명확한 이론과 근거를 기반으로 사실주의적인 글을 쓰는 것이다.
2. 대학에서의 글쓰기는 표현주의적 관점을 지양하고, 객관적인 관점에서 글을 써야 한다. 물론 이것은 보고서의 토대가 되는 사실, 그리고 글을 쓰며 상대방을 비판할 때 객관적인 자세여야 한다는 이야기이지 자신의 주장을 넣으면 안 된다는 이야기가 아니다. 글을 쓸 때는 자신만의 관점이 있어야 한다.
3. 관점이란 자기만의 고유한 생각으로 보고서의 전면적인 흐름이 이 관점에 어긋나지 않도록 글을 써야 한다. 또한 글을 적으면서 본인이 주장하고 싶은 내용이 무엇인지 명확하게 해야 할 것이다. 대학에서 글쓰기를 강의하다 보면, 본인 주장이 어떤 것인지 전혀 알 수 없는 글들이 생각보다 많다.
4. 글쓰기의 핵심은 얼마나 나의 생각을 설득력 있게 다른 사람에게 전달할 수 있는가이다. 이 Keyword를 항상 기억하자.
5. 다양한 말을 했지만, 대학에서 하는 글쓰기, 학문적인 보고서를 작성하는 것은 다른 사람과 차별화되는 생각을 근거를 들어서 주장(입증)하는 과정이라고 할 수 있다.

적용 : 다음 글은 쓰지 신이치의 『슬로 이즈 뷰티풀』에 나오는 내용이다. 이 글을 비판적으로 읽으면서 글쓴이의 주장과 그 주장의 논거 간의 지지 관계를 적어 보자.

발전이라든가 개발 또는 진보라는 말도 참으로 위험한 것이다. 인간을 호모 사피엔스라고 부르는데 그 의미는 지적인 동물로서의 인간은 자신의 행동이 어떠한 결과를 가져올지 예측할 수 있는 능력을 가지고 있다는 뜻이다. 그러나 20세기 과학기술의 역사를 보면 새로운 기술 발명이 초래할 결과에 대해 우리 인간들이 한 예측이란 초라하기 짝이 없음을 확인할 뿐이다. 전통 사회에서 생활기술의 역사는 몇백 년에 걸쳐 시행착오의 과정을 겪으며 천천히 갈고 다듬어져서 만들어졌다. 이 느림이 바로 문화의 본질이다.

하지만 더글라스 러미스는 발전이라든가 진보라는 말을 완전히 부정하지는 않는다. 이러한 개념을 일단 인정한 뒤에 지금까지의 발전을 대체하는 '대항발전'을 해야 한다고 주장한다. 즉 이제부터는 지금까지의 '덧셈식 발전'이 아니라 '뺄셈식 발전'을 해야 한다는 것이다.

예를 들면 기술에서의 진보라는 것을 보자. 우리 인간들은 기계기술에 점점 더의존하게 되어 마침내 거기에 종속되고 말았다. 이로써 우리가 가진 능력을 퇴화시켰으며, 사람과의 관계도 자연과의 관계도 모두 소원해졌다. 기계가 없으면 아무 것도 할 수 없게 되고 말았다. 그래서 러미스는 생활에서 사용하는 물건들을 조금씩 줄여 나가면서 마침내 물건이 없이도 살 수 있는 인간이 되기를 제안하고 있다. 인간의 능력을 대신하는 기계의 사용을 줄이고 인간의 능력을 신장시킬 수 있는 기계를 늘려 나가는 것이다. 예를 들면 텔레비전을 켜고 문화를 소비하는 것이 아니라 자신의 집에서 문화를 창조하는 것이다. 문화가 가지고 있는 본래의 의미인 자기의 힘으로 살아가며 즐길 수 있는 능력을 되찾자는 것이다.

생활의 간결화나 절약은 바로 생활에서 실천하는 뺄셈의 경제학이다. 그동안 무한성장이라는 덧셈에 익숙한 사람들은 뺄셈의 경제학을 퇴보하는 것이라고 느낄지도 모른다. 하지만 러미스는 뺄셈의 경제학이야말로 인간 본래의 쾌락과 풍요로움을 지향하는 적극적이고 진취적인 사고방식이라고 주장한다. 그는 또한 '시간은 금이다'라는 표현을 완전히 뒤집어 '금은 바로 시간이다'와 같이 말해야 한다고 주장하고 있다. 결국 시간을 환금의 가치로 본 지금까지의 가치관을 버리고 금을 포기하더라도 여유 있게 인간다운 시간을 되찾자는 이야기다.

확실히 인간다운 시간과 인간다운 속도라는 것이 있을 것이다. 인간은 원래 여유로운 존재였을 테니까 말이다. 시간에 대한 이러한 자세를 우리는 문화라고 해야 한다.

「에드버스터스 매거진」(그릇된 광고가 불러오는 인간사회의 황폐화를 경고하는 내용을 다루는 잡지)의 슬로건 중에 '경제학자는 뺄셈을 배워라'라는 것이 있는데, 인류학자들도 이제 뺄셈을 배우는 것이 좋을 듯싶다. 아니 소위 선진국에 살고 있는 현대인이라면 모두가 그래야 할 것 같다. 미국의 작가 웬델 베리는 "마치 유전자에 변이라도 생긴 것처럼 모두 뺄셈을 어떻게 하는지 잊어버린 것 같다."고 풍자적으로 이야기한 적이 있다.

오사다 히로시의 「시민의 죽음」이라는 시 가운데 "무엇을 하였는가가 아니라 사람들은 무엇을 하지 않았는가"라는 구절과, 작가 생 텍쥐베리의 "완벽함이란 아무 것도 더할 것이 없는 상태가 아니라, 아무 것도 더 없앨 것이 없는 상태이다"라는 말을 다시 상기해야 할 것 같다. 환경운동가이며 엔지니어인 더글라스 퍼는 'Nothing is worth it.'이라는 표현이 이중적 의미를 가지고 있다고 이야기한 적이 있다. 이것은 '가치가 있는 것은 하나도 없다'라는 극히 니힐리즘적인 표현이기도 하지만, 반대로 「아무 것도 아닌 것에 가치가 있다」라는 적극적인 표현이기도 하다는 것이다. 슈마허는 "작은 것이 아름답다"에서 보다 적은 소비로 보다 큰 만족을 얻는 것이 진정한 경제학이라고 주장하였고, 또한 그 옛날 동양의 노자 역시 줄이고 줄여 결국 무위라고 하는 자유의 경지에 이를 수 있다고 피력한 바 있다.

- 쓰지 신이치, 「슬로 이즈 뷰티풀」(권희정 옮김, 일월서각, 2010:290~293)

구분	내용
주장	
논거	

2. 논리적 글쓰기란 무엇인가?

박 : 신군은 논리적이라는 말이 무슨 의미라고 생각해?

신 : 무언가 말을 하거나 자신의 주장을 펼칠 때, 그것을 듣고 있는 사람이 사고하는 데 있어 막힘이 없는 것을 논리적이라고 하지 않을까요?

박 : 맞아. 자신의 주장을 잘 펼치려면, 그리고 글을 잘 쓰려면 논리적으로 글을 써야 해. 개인적으로 나는 글쓰기에서 논리란 '어휘와 문장이 횡적으로 결합하고, 다시 종적으로 연계된 상태'라고 정의하고 싶어. 무슨 말이냐면 어휘와 어휘가, 그리고 문장과 문장의 호응이 잘 맞고, 글이 전체적으로 통일성을 가진 상태를 말하는 거야.

신 : 그러니까, 글이 전체적으로 내가 말하고자 하는 주제랑 벗어남 없이 위아래로 잘 연결되어 있고, 글을 구성하고 있는 문장들이 유기적으로 잘 연결되어 있는 글이 바로 논리적인 글이라고 말씀하시는 거죠?

박 : 그렇지. 좋은 글을 쓰기 위해서 논리성은 필수적인 조건이야. 그리고 글에는 논리성만 필요한 게 아니라 정확성과 창의성도 필요하단다. 정확성은 내용이 객관적이고, 어휘가 정확하며 형식 측면에서도 글쓰기 규범을 잘 지키고, 사실과 들어맞는 내용을 서술하는 것을 의미하고, 창의성은 내가 쓴 글이기에, 필자인 나 자신의 고유한 생각이나 주장이 들어가 있어야 한다는 것이지. 물론 지나치게 창의적인 글은 좋은 글이 아니야. 자신이 하는 생각, 그리고 자신이 하는 주장에는 논리적인 근거가 뒷받침되어야 하니까 말이야. 근거가 없는 주장은 '독단'이지.

신 : 그렇군요. 혹시 교수님은, 글쓰기. 연구 보고서나 소논문을 적으면서 갖춰야 하는 자세에 대해서는 어떻게 생각하세요?

박 : 음. 계획하고, 내용을 생성하고, 또 조직하고, 표현하고, 고쳐 쓰는 단계적인 절차를 잘 이행하는 것이 좋은 글을 쓰는 데 필요한 자세가 아닐까? 앞서 말했지만, 이런 종류의 글쓰기는 타고난 재능보다는 부단한 연습과 노력을 통해 실력을 키울 수 있기에, 책을 많이 읽고, 또 집중해서 읽고, 비판적 사고를 견지3)(堅持)하면서 텍스트를 분석하는 습관이 있다면. 그것이 바로 글을 쓰는 사람들이 갖추어야 할 자세라고 생각해.

신 : 글쓰기 계획. 내용 생성과 조직, 표현하는 방법과 고쳐 쓰는 자세라. 나중에 하나하나 이야기하겠지만 이것들이 좋은 글을 쓰는 핵심이군요. 물론 이것뿐만이 아니라 자신이 배경지식을 키우기 위해 하는 노력과 비판적으로 사고하는 습관 역시 중요한 요소겠지만요.

박 : 그렇지. 위에서 말한 글쓰기의 과정은 다음 차시부터 오랫동안 언급될 거니까 잘 기억해 두면 좋을 거야. 글쓰기 과정에서 가장 높은 부분인 '인식적 글쓰기'에서는 정확한 지식과 근거, 그리고 다양한 배경 지식이 필요하거든.

신 : 글쓰기에도 과정이 있군요. 그럼 인식적 글쓰기가 바로 우리가 연습하고자 하는 소논문이나 연구 보고서 쓰기에 해당하겠네요. 글쓰기의 과정은 어떤 단계들이 있나요?

박 : 글쓰기의 발달 단계는 '단순 연상적 글쓰기', '언어수행적 글쓰기', '의사소통적 글쓰기', '통합적 글쓰기', '인식적 글쓰기'의 다섯 단계가 있단다. 혹시 각 단계에 대해 추측해 볼 수 있겠지?

---

3) 견지(堅持) : 굳게 지니거나 지킴.

신 : 음. 단순 연상적 글쓰기는 그냥 떠오르는 것을 막 말하는. 그런 아이나 유아 단계의 글쓰기를 말하는 것 같아요. 언어수행적 글쓰기는 이보다 조금 높은, 유치원이나 초등학교 저학년 친구들이 사용하는 글쓰기 방법처럼 보이고요.

박 : 맞아. 연상적 글쓰기는 단순하고 기초적인 글쓰기지. 언어수행적 글쓰기는 연상을 통해 생각한 어휘를 나름대로 언어로 바꿔서 쓸 수 있는 초보적인 글쓰기의 단계고. 그럼 의사소통적 글쓰기는 어느 정도에 해당할까?

신 : 아마 자신의 의견을 상대방에게 보여주고, 상대방의 의견을 이해할 수 있는 글쓰기 수준이 아닐까요? 어느 정도 의사소통이 가능한 초등학교 고학년에서 중, 고등학생들에 해당하는 글쓰기 단계인 것 같아요.

박 : 의사소통적 글쓰기 이후부터 상대방을 존중하고 이해하는 글쓰기가 시작된다고 봐. 이어서 '통합적 글쓰기'는 의사소통적 글쓰기를 넘어서 자신의 이성과 자신의 주장과 감정을 결합시킬 수 있는 단계를 의미하고, 우리가 이 책을 통해 추구하는 궁극적인 목표인 '인식적 글쓰기'는 논리적이면서도 비판적이고, 대상에 대한 완벽한 이해를 바탕으로 독서와 자료수집을 통해 완벽하게 나아가는 글쓰기라고 할 수 있지.

신 : 그럼, 통합적 글쓰기나 인식적 글쓰기를 하기 위해서는 자기가 알고 있는 내용에 많은 조사를 더해 완성해나가는 글쓰기라고 볼 수 있을까요?

박 : 음. 맞아. 글을 쓰는 데 있어서는 지식이 풍부해야 한다. 감성적 글쓰기(글짓기)도 배경지식이 풍부해야 하지만, 학교에서 요구하는 학술적인 보고서. 즉 인식적 글쓰기를 하기 위해서는 독서와 배경 지식을 많이 쌓아 정확한 지식과 근거를 가지고

있어야 해. 물론 요즘 이런 지식과 근거 대부분은 인터넷을 통해서 찾아볼 수 있지만, 그 개념에 대한 기본적인 내용들을 알고 있다면 보다 효율적으로 글쓰기를 할 수 있지 않을까?

박교수의 TIP

1. 논쟁적인 글쓰기. 특히 자기의 주장과 상대방의 주장이 명백하게 대립하는 상황에서 자신의 주장이 다른 사람의 주장보다 옳다는 것을 논리적으로, 근거를 들어서 입증하는 글쓰기가 대학에서 요구하는 보고서, 혹은 소논문일 수 있어. 물론 이런 종류 말고 다양한 종류의 글들이 있지만, 우리가 주로 다루는 글은 이런 글이기에 논리적인 글쓰기가 더욱 중요하단다.

2. 글이라고 하는 것은 단순히 감성을 표현하는 표현주의적 글쓰기 방법을 의미할 수도 있겠지만, 우리가 사회생활을 하면서, 혹은 소논문이나 보고서를 쓰면서 해야 하는 글쓰기와는 다른 부분이 많다. 물론 그런 글쓰기 방법이 가지고 있는 장점도 있겠지만 말이다.

3. 객관적이고, 자기의 주장이 들어가야 하는 우리의 글쓰기는 자신의 주장이 명확하게 드러나는 그런 글쓰기이다. 어떤 주제를 이야기할 때 다른 사람이 가지고 있는 문제의식보다는 자신이 가진 차별화된 문제의식, 자기만이 할 수 있는 이야기를 찾아 주장한다면 보다 수준 높은 글을 완성할 수 있다.

4. 하지만, 이런 글을 쓸 때 다른 사람을 배려하지 않고 글을 쓰면 안 된다. 상대방의 글보다 나의 글이 왜 더 옳은지, 왜 더 설득적인지, 왜 더 명확한 근거가 있는지 등을 납득시키면서 배려하는 글쓰기를 해야 한다. 단순히 선언하듯이 내 생각이 옳다고 주장하는 것은 '논리적 글쓰기'가 아니다.

※ **Keyword** : 얼마나 나의 생각을 설득력 있게 다른 사람에게 전달할 수 있는가?

적용 : 아래 글을 읽고 베이컨이 우상들을 비판한 이유를 분석해 보자. 그리고 참된 지식 형성을 방해하는 것들은 찾아 근거를 정리하고, 다른 사람에게 설득력 있게 전달해 보자(혹은 글을 요약하고 작성해 보자)

41 종족의 우상은 인간성 그 자체에, 인간이라는 종족 그 자체에 뿌리박고 있는 것이다. '인간의 감각이 만물의 척도다'라는 주장을 생각해보면 쉽게 이해가 갈 것이다. 이것은 물론 그릇된 주장이지만, 인간의 모든 지각은 감각이든 정신이든 우주를 준거로 삼는 것이 아니라 인간 자신을 준거로 삼기 쉽다는 것을 여실히 보여 주는 말이다. 표면이 고르지 못한 거울은 사물을 본모습대로 비추는 것이 아니라 사물에서 나오는 [반사]광선을 왜곡하고 굴절시키는데, 인간의 지성이 꼭 그와 같다.

42 동굴의 우상은 각 개인이 가지고 있는 우상이다. 즉 각 개인은 (모든 인류에게 공통적인 오류와는 달리) 자연의 빛을 차단하거나 악화시키는 동굴 같은 것을 제 나름대로 가지고 있다. 그것은 개인 고유의 특수한 본성에 의한 것일 수도 있고, 그가 읽은 책이나 존경하고 찬양하는 사람의 권위에 의한 것일 수도 있고, 첫 인상의 차이(마음이 평온한 상태에서 생겼는지, 아니면 선입관이나 편견에 사로잡힌 상태에서 생겼는지)에 의한 것일 수도 있다. 그러므로 인간의 정신은 (각자의 기질에 따라) 변덕이 심하고, 동요하고, 말하자면 우연에 좌우되는 것이다. 헤라클레이토스가 '인간은 넓은 세계에서가 아니라 상당히 좁은 세계에서 지식을 구하고 있다'고 했는데, 매우 정확한 지적이라 하겠다.

43 또한 인간 상호간의 교류와 접촉에서 생기는 우상이 있다. 그것은 인간 상호간의 의사소통과 모임에서 생기는 것이므로 시장의 우상이라 부를 수 있겠다. 인간은 언어로써 의사소통을 하는데, 그 언어는 일반인들의 이해 수준에 맞추어 정해진다. 여기에서 어떤 말이 잘못 만들어졌을 때 지성은 실로 엄청난 방해를 받는다. 어떤 경우에는 학자들이 자신을 방어하고 보호할 목적으로 새로운 정의나 설명을 만들기도 하지만, 사태를 개선하지는 못한다. 언어는 여전히 지성에 폭력을 가하고, 모든 것을 혼란 속으로 몰아넣고, 인간으로 하여금 공허한 논쟁이나 일삼게 하고, 수많은 오류를 범하게 한다.

44 마지막으로 철학의 다양한 학설과 그릇된 증명 방법 때문에 사람의 마음에 생기게 된 우상이 있는데, 나는 이를 극장의 우상이라 부르고자 한다. 지금까지 받아들여지고 있거나 고안된 철학 체계들은, 생각건대 무대에서 환상적이고 연극적인 세계를 만들어내는 각본과 같은 것이다. 현재의 철학 체계 혹은 고대의 철학 체계나 학파만 그런 것이 아니다. 그와 같은 각본은 수없이 만들어져 상연되고 있는데, 오류의 종류는 전혀 다르지만 그 원인은 대체로 같다. 철학만 그런 것이 아니다. [철학 이외에] 구태의연한 관습과 경솔함과 태만이 만성화되어 있는 여러 분야의 많은 요소들과 공리들도 마찬가지다.

- F. 베이컨, 『신기관』(전석용 옮김, 한길사, 2001:49~51)

공간이 부족할 경우 타 종이 활용

2 주차

소논문을
어떻게 쓸 것인가?

1. 소논문을 어떻게 쓸 것인가?

신 : 교수님, 요즘 고등학교에서도 소논문 쓰기가 유행이잖아요. 도대체 소논문이라는 게 뭐에요? 논문이랑은 어떤 차이가 있는 거고요?

박 : 우선 논문과 소논문의 차이에 대해 알려줄게. 논문은 다들 알다시피, '일정한 학문적인 가설이나 자신이 주장하는 내용을 일정한 절차와 논문 형식에 맞추어 다양한 근거를 통해 이론적으로 논증하거나 재현할 수 있는 실험결과나 통계분석으로 입증하는 글'을 말해. 소논문 역시 이런 글은 맞지만, 일종의 학생이 쓰는 간소한 형태의 논문이라고 해야 할까?

신 : 아하, 그럼 소논문은 학생들이 자신이 관심 있는 분야나 학문, 주제 등에 대해 조사 및 연구 활동을 수행하고, 이에 대해 일정한 형식에 맞추어 자신이 생각하는 가설이나 주장에 대해 근거를 갖추어 쓴 일종의 학생 논문이라고 볼 수 있겠네요.

박 : 맞아. 다른 말로는 R&E(Research & Education)이라고도 하는데. 대학에서 학부생들이 쓰는 보고서나, 일반적으로 보고서 목적으로 쓰이는 글들 역시 이런 범주에 들어간다고 볼 수 있지.

신 : 그렇다면 소논문을 쓰기 위해서는 어떻게 해야 할까요? 전에 학교 도서관에서 논문을 작성하는 과정과 논문 작성 스타일에 대해서 다룬 책을 본 적이 있는데, 너무 과정이 많고 복잡했어요. 소논문이나 연구 보고서를 쓸 때도 그런 것들을 다 지켜야 하나요?

박 : 지키면 좋지. 하지만 그런 책에 나온 것들을 모두 지키면서 논문을 쓰는 사람은 얼마 없을 거야(웃음). 글을 쓰는 사람마다 스타일이 다 다르고, 또 그런 규칙들이 절대적인 규칙이 아니기 때문에, 꼭 전부 지킬 필요는 없단다. 특히 소논문은

학술지나 학회에서 발표하는, 격식을 지켜야 하는 자료라기보다는, 그런 글을 쓰기 위한 준비 과정이라고 할 수 있어. 그렇기에, 그런 규칙에 너무 얽매이기보다는 일정 부분 규칙을 지키면서, 자유롭게 쓰면 된단다.

신 : 그런 형식 이외에 소논문을 쓸 때 지켜야 할 사항이나 주의해야 할 점이 있다면, 어떤 게 있을까요?

박 : 일단, 소논문이라는 것 자체가 학술적 성격을 가지고 있는 글이니까. 적절하고 우수한 연구주제를 설정하고, 이에 적합한 서적이나 논문, 다양한 자료 등을 찾아서 심도 있게 분석해야겠지? 그리고 대상에 대한 조사나 탐구, 관찰이나 실험 결과 역시 객관적으로 정리되어 있어야 할 것이고 말이야. 그리고 앞서 언급했지만 논문이 갖추어야 할 형식적인 사항, 즉 주석이나 참고문헌 등도 적절하게 갖추어야 할 거야.

신 : 소논문이 참 어렵네요. 처음 소논문이라는 것을 써 보는 사람들이라면 쉽게 접근하기 힘들 것 같아요. 이후의 이야기들에서 자세하게 다루겠지만, 혹시 소논문을 작성하는 방법에 대해 간략하게 알려주실 수 있을까요?

박 : 소논문도 작성을 준비하고, 계획하는 과정은 일반적인 논문이랑 비슷하다고 할 수 있어. 우선 일반적인 범주에서 특정한 논제를 추출하는 과정을 거쳐야지. 논문 이론서에서 언급하는 글을 그대로 가져오자면 "대주제(General Subject, 범주)"에서 "고도로 정교화된 주제문(Highly Specific Thesis)"를 찾아나가는 과정이라고 할 수 있어. 큰 영역에서 점차 작은 영역으로, 그리고 그 작은 영역에서 자신이 이야기하고 싶은 고도로 구체화된 논제를 찾아나가는 과정을 거쳐야 한단다.

신 : 논문을 작성하겠다고 생각하면 주제가 있어야 하니, 당연히

소논문도 주제가 있어야 하군요. 자신이 좋아하거나 흥미가 있는 일반적인 내용들 중에서 특별히 적어보고 싶은 특정 논제를 뽑아낸다. 이것이 소논문 작성의 첫 번째 과정인가요?

박 : 시작이 반이라는 말이 있잖니. 사실 첫 번째는 소논문을 잘 쓰겠다는 마음가짐을 가지고 글쓰기를 시작하는 것이라고 하고 싶지만. 실질적으로 소논문 작성의 첫 번째는 신군이 말한 논제를 뽑아내는 것이 맞지.

신 : 그럼 두 번째는, 혹시 그 논제에 대해 비판적으로 검토해보는 것인가요? 왠지 비판적 사고와 논리적 글쓰기가 두 번째, 세 번째 과정일 것 같은데.

박 : 맞아. 그걸 '문제의식 갖기' 와 '초안 작성'이라고 한단다. 문제의식을 가지고 주제문을 설정하는 것이 두 번째 과정이고, 상대방에게 그 주제문을 합리적으로 이해시킬 수 있도록 글의 구조를 짜는 과정을 초안 작성이라고 하지.

신 : 큰 주제. 문제의식. 초안 적기. 글만 보고 이해하기에는 너무 어려울 것 같아요ㅠ.ㅠ 혹시 예를 들어 설명해주실 수 있을까요?

박 : 그럼, 글쓰기 수업을 하면서 실제로 과제물로 제출된, 옆 페이지의 위 설명에 따른 보고서 작성 계획표를 보면서 이야기해볼까?

개념	내용
범주	정보화 사회에 발생하는 문제들
주제	『1984』를 통해 살펴본 빅브라더의 등장과 감시 사회
문제의식	빅데이터를 이용하는 국가의 역할과 한계는 어디까지인가?
주제문	'국가의 역할은 국민의 안전을 보장하는 데 국한되어야 하며, 국가는 이 목적을 위해서만 제한적으로 빅데이터를 이용할 수 있다.'
자료	George Orwell, 『1984』 조영임(2013), "빅데이터의 이해와 주요 이슈들", 한국지역정보화학회 차상육(2014), "빅데이터 환경과 프라이버시의 보호", IT와 법 연구 이광석(2013), "지배양식의 국면변화와 빅데이터 감시", 사이버커뮤니케이션학보

박 : 이 표를 보면, 우선 범주(=대주제, General Subject)로 '정보화 사회에 발생하는 문제들'을 잡았네? 21세기를 정보화 사회라고들 하는데 이런 시대의 발전으로 인해 발생하는 문제들이 정말 한두 가지가 아닌 만큼, 정말 다양한 주제가 나올 수 있는 범주라고 할 수 있을 것 같아. 앞서 언급한 일반적인 범주가 이에 해당하는 것이라고 할 수 있단다.

신 : 그럼 주제는 바로 이 범주를 자신이 흥미 있는 분야로 구체화시킨 거겠네요. 여기 제시된 표에서 언급된 『1984』를 통해 살펴본 빅브라더의 등장과 감시 사회'의 경우, 학생이 조지 오웰의 『1984』를 읽은 경험과 '감시 사회'라는 이슈를 결합하여 하나의 논의거리를 만들고, 연구해 보겠다고 생각한 거로군요.

박 : 그렇지. 주제는 바로 자신이 흥미 있고, 관심이 있는 범주에서 보다 구체화되고 세분화된 내용이란다. 주제를 잡고, 이 주제를 비판적으로 바라보는 활동을 통해서 소논문에 활용할 '문제의식'을 발견하고, '주제문'을 추출할 수 있지. 표를 보면 이 보고서 작성 계획을 짠 학생은 문제의식을 "빅데이터를 이용하는 국가의 역할과 한계는 어디까지인가?"라고 설정했지? 이게 바로 학생이 이 주제에 대해서 가지고 있는 궁금증이자, '감시사회'와 '빅브라더'라는 개념에 대한 비판적 사고의 결과라고 할 수 있어.

신 : 그리고 바로 그 사고를 통해 도출해 낸 '주제'가 가지고 있는 문제에 대한 대답이자, 자신이 쓸 소논문의 진정한 주제문이 바로 "국가의 역할은 국민의 안전을 보장하는 데 국한되어야 하며, 국가는 이 목적을 위해서만 제한적으로 빅데이터를 사용할 수 있다."가 되겠네요.

박 : 정확해. 다만 이 계획을 세우면서 한 가지 명심해야 할 것은,

주제와 문제의식, 문제의식과 주제문은 서로 유기적으로 연결
되어 있어야 하고, 또 자신의 주제문이 절대적인 진리가 아니
라는 것을 인식하고 글을 써야 한다는 거야. 주제 – 문제의
식 – 주제문의 연결이 유기적이지 않으면 글의 개요를 짜거
나 구조를 설정하는 데 모순이 발생하거나, 자신의 주장을 너
무 강조한 나머지 근거가 없는 독선적인 글이 될 수도 있어.

신 : 글을 쓰면서 제일 주의해야 할 점이 지금 말씀하신 '나의 주
장이 절대적인 진리가 아니다'인 것 같아요. 물론 자신의 주
장도 해야겠지만, 상대방의 주장도 검토하고, 자신의 주장에
부합하는 다양한 근거들을 제시하면서 논리적으로 작성해야겠
죠. 그게 바로 '논리적 글쓰기'니까.

박 : 맞아. '논리적 글쓰기'는 바로 자신의 주장에 대한 합리적인
근거로부터 시작된단다. 그래서 위 보고서 작성 계획표에 '자
료'가 포함된 거야. 다시 표를 살펴볼까?
표에 보면 조지 오웰의 저서 1984와 논문 세 편이 나와 있
지? 학생은 자신의 주제, 그리고 문제의식과 관련하여 자신만
의 주제문을 도출하기 위해 위 표의 자료들을 사용하겠다고
말하고 있는 거란다.

신 : 소논문이나 보고서를 준비할 때부터 완성할 때까지 자료가 참
중요한 것 같아요.

박 : 자료뿐만 아니라 자신이 가지고 있는 다양한 배경지식을 활용
해도 된단다. 물론 알고 있다고 해서 바로 사용해버리면 문제
가 생길 수도 있기 때문에 글을 쓰기 전 자신의 배경지식이
정확한지에 대해 한 번 더 확인한다거나, 관련 서적을 읽어보
는 게 좋아.

신 : 그럼 배경지식 없이 찾아서 하는 거랑 똑같지 않을까요? 있는

지식을 한 번 더 찾아봐야 한다면....

박 : 아니지. 배경지식이 많으면 보다 글을 풍부하고 다양하게 구성할 수 있잖니. 어떠한 분야에서 주제를 선정해 글을 쓰라고 했을 때, 막연히 그 분야에 대한 지식만 가지고 있는 사람보다 조금이나마 배경지식을 가지고 있는 사람이 보다 참신한 주제를 도출해 낼 수 있지 않을까?

신 : 오늘도 많이 배운 것 같아요^^.

신군의 TIP

1. 소논문(연구 보고서)의 특징
   (가) 어떤 학술적 주제에 대한 고유한 접근을 제시한다.
   (나) 중심적 주제문을 중심으로 논의된다.
   (다) 자료 조사에 근거한 통찰을 사용한다.
   (라) 학술적인 방법으로 자료들을 인용한다.
   (마) 대개 분량은 5~20페이지 등 비교적 짧다.

2. 글쓰기의 4가지 키워드는 무엇인가?
   (가) 범주
   (나) 주제
   (다) 문제의식
   (라) 주제문

적용 : 자신만의 글쓰기 계획을 임시로 수립해보자(세부적인 계획방법은 3, 4, 5주차에 수록)

개념	내용
범주	
주제	
문제의식	
주제문	
자료	

2. 소논문을 어떻게 쓸 것인가?

박 : 저번에 소논문을 어떻게 쓰면 좋을지에 대해 이야기했지? 그런데 한 가지 빼먹은 게 있는 것 같아. '어떻게' 소논문을 구성하고 작성해야 하는지를 말이야. 사실 이게 제일 중요한 건데, 저번 시간에는 소논문에 접근하는 방법만 말하고 어떻게 구성해야 하는지에 대해서는 말을 하지 않았네.

신 : 생각해보니 그렇네요. 그럼 오늘은 어떤 것에 대해 알아봐야 할까요? 소논문도 글이니까 글쓰기 방법론에 대해서 먼저 이야기해야 하나요? 교수님은 논문을 작성하는 데 있어서 추천할 만한 글쓰기 방법론이 있다면 어떤 것이라고 생각하세요?

박 : 내가 매 수업시간마다 이야기하는 거. 바로 5단 글쓰기 방법론이지. 혹시 기억하고 있니?

신 : 당연히 기억하고 있죠. 도입부, 진술부, 반론부, 논증부, 맺음말로 나누어서 글의 구조를 체계적으로 정리한 다음, 각 구성에 맞는 기초 내용들을 작성하고, 그 내용들과 조사한 자료들을 잘 버무려 한 편의 글을 완성하는 글쓰기 방법론이잖아요.

박 : 잘 기억하고 있구나^^. 맞아. 그런데 이 방법론은 사실 보고서 같은 것을 작성할 때도 적용하지만, 일반적인 글쓰기를 할 때 적용하는 경우도 꽤 많단다. 이를테면 논평을 한다거나, 주장하는 글, 설득하는 글을 쓸 때 이 방법론을 적용하여 글을 쓴다면 보다 상대방을 쉽게 이해시키고, 설득할 수 있어.

신 : 그럼 이번엔 교수님이 5단 글쓰기 방법론에 대해서 다시 한번 설명해주실 수 있을까요?

박 : 그래. 우선 도입부부터 살펴볼까? 도입부가 뭐 하는 곳인지는 잘 알지?

신 : 네. 말 그대로 글 도입하는 부분, 독자의 흥미를 유발하는 부분이 도입부죠.

박 : 그렇지. 독자 흥미 유발이라는 것이 가장 중요해. 우리가 보통 글을 읽을 때, 꼭 읽어야 하는 글이 아니라면 글의 첫머리가 흥미로운 글에 손이 가는 것이 사실이잖아. 꼭 읽어야 하는 글이라도 처음부터 나의 흥미를 끄는 글이라면 보다 재미있게 읽을 수 있고 말이야. 그렇기 때문에 도입부를 쓸 때는, 글의 도입이라는 목적에 맞게 글을 쓰면서도, 독자의 흥미를 어떻게 이끌어낼 수 있을지를 생각해야 한단다.

신 : 그럼, 도입부를 어떻게 작성해야 할까요?

박 : 다양한 방법들이 있어. 딱히 어떤 방법이 맞다 아니다 할 수 있는 문제는 아니야. 하지만 일반적인 도입부 작성 팁이 있다면, 보통 '개념'을 제시하거나, '물어보는 형식'으로 시작하는 경우가 많지. 철학자 칸트 알지? 칸트가 글을 쓸 때도 그랬단다. "계몽이란 ----"으로 시작하는 역사 철학에 관한 그의 글은 아직도 명문(名文)으로 회자(膾炙)[4]된단다.

신 : 그렇군요. 그런데 저는 글을 쓸 때 종종 속담이나 격언, 문언의 구절 등을 인용하는 편인데, 이런 방식도 사람들의 흥미를 끌고 메시지를 전달하기에 괜찮은 방식 아닐까요?

박 : 그것도 아주 좋은 방법이야. 다양한 사람들이 글쓰기에 대해 이야기할 때 일반적으로 권장하는 방법이기도 하지. 아무래도 사람들에게 널리 알려진 속담이나 격언은 흥미를 끌기에 적합하니까.

신 : 그럼, 지난 시간에 배웠던 내용을 도입부 작성에 가져온다면 아래와 같이 표현하면 되는 걸까요?

---

4) 회자 : 회와 구운 고기라는 뜻으로, 널리 사람의 입에 자주 오르내림.

개념	내용
도입부	조지 오웰의 『1984』를 인용하며 국가가 국민을 감시하는 감시사회의 개념을 설명하고 빅 브라더(Big Brother)[5]의 등장을 경고한다.

박 : 맞아. 책의 구절을 인용하면서 개념을 설명하고, 우리에게 닥칠 수 있는 위협을 적절하게 제시하여 이 글을 읽어보려는 사람들에게 글의 흥미도를 높일 수 있도록 도입부 개요를 잘 잡았네.

신 : 도입부 다음은 진술부인데, 진술부를 쉽게 서론(緒論)[6]이라고 표현해도 괜찮을까요? 정확하게는 도입부와 진술부를 모두 합쳐서 서론이라고 해야겠지만.

박 : 엄밀하게 따지면 그게 맞지. 하지만 진술부를 서론이라고 해도 괜찮을 것 같기는 해. 서론이라는 말의 뜻을 보면 알 수 있겠지만 본격적인 논의를 하기 전 실마리가 되는 부분을 설명해 주는 것이니까 말이야. 혹시 지난 시간에 이야기했던 논문 작성 과정 기억나니?

신 : 자신이 글을 쓰고자 하는 범주에서 주제를 찾고, 그 주제에 대한 문제의식(질문)을 가진 다음 주제문을 찾아나가는 것. 이것 말씀하시는 것 맞죠?

박 : 정확해. 진술부는 주제를 제시하는 부분이라고 할 수 있어. 객관적이고 중립적인 태도로 토픽을 제시하는 것이지. 주의해야 할 점은 어떤 주제를 다루고 있는가를 보여주고, 지나치게 자신의 의견만 표현하는 것은 지양해야 한다는 거야. 내 의견을 표현하는 것은 이후에 제시할 반론부나 논증부에서 충분히 할 수 있기 때문이지. 심지어 맺음말에서는 내 의견을 한 번 더

---

5) 빅 브라더 : 정보의 독점으로 사회를 통제하는 관리 권력, 혹은 그러한 사회체계를 일컫는 말
6) 서론 : 말이나 글 따위에서, 본격적인 논의를 하기 위한 실마리가 되는 부분

강조하기까지 하니까 말이야^^.

신 : 그럼 논증부에서는 제가 다루고 있는 주제에 대해서 소개를 하면서, 이 주제 속에는 이러이러한 이야기들이 있고, 지금부터는 이런 것들에 대해 논의하고자 한다. 정도를 적는 것이 적당하겠네요. 굳이 이어서 표현하자면 아래 표처럼..?

개념	내용
진술부	국가의 역할과 그 한계에 대해서 검토해야 할 필요성을 제시하고 두 가지 입장(야경국가설과 감시국가설)을 소개한다. 그리고 헌법과 프라이버시권의 내용, 안전보장을 위한 감시의 필요성에 대해 간략히 소개.

박 : 잘했어. 그럼 이어서 반론부에 대해 알아볼까? 반론부는 내가 하고자 하는 주장에 대한 반박을 체크하는 곳이야. 중요한 것은 상대방의 주장을 진지하게 검토하는 태도와, 검토 과정에서 근거를 들어 합리적으로 살피고, 반박해야 한다는 것이지.

신 : 그럼 정중한 태도로 글을 써야겠네요. 상대방이 하는 주장을 진지하게 읽고, 반영했으며 이러이러한 근거로 받아들이지 않았다는 것을 합리적으로 설명해야 하니까.

박 : 그렇지. 그럼, 이어서 했던 것처럼 예를 들어 볼까?

신 : 흠. 위에서 언급했던 내용 중 감시국가설에 대한 내용을 살펴봐야겠네요.

개념	내용
반론부	국가가 국민을 완벽하게 감시하고 통제하는 디스토피아적 세계관의 영화나 애니메이션을 소개하고,이런 사회에 대한 느낌을 환기한다. 그리고 감시사회를 주장하는 사람들의 대표적인 주장을 취사선택하고 차용해 온다. 그리고 그들의 근거를 논리적으로 이럴 수도 있다고 검토해 보고, 마지막에 헌법과 프라이버시권의 보장 등 기본적 인권에 대한 의문을 제기한다.

박 : 반론부를 풍성하게 구성하기 위해서는 글 전체의 30%정도를 할애하는 것이 좋다고 생각해. 총 글의 구성이 100%라면, 나는 일반적으로 반론부에 30%, 이어서 설명할 논증부에 40%를 투자하고 도입, 진술, 맺음말을 합쳐 30%정도를 투자한단다.

신 : 그럼 글에서 제일 핵심이 되는 내용이 논증부겠네요.

박 : 그렇지. 논증부는 말 그대로 내가 주장하고자 하는 바와 그에 대한 근거를 설명하는 자리니까. 앞서 반론부에서 검토했던 내용, 진술부에서 소개했던 내용들을 검토함에 이어서 내 논지를 펼쳐나가야 해.

신 : 펼쳐나가야 하는 논지는, 글을 쓸 때 생각했던 문제의식을 반영해야겠네요. 큰 범주에서 찾은 작은 주제, 그리고 그 주제에 대한 문제의식을 가지고 답(주제문)을 찾아가는 과정이 글쓰기라고 한다면, 논증부가 문제의식에 대해 답을 찾아가는 과정을 논리적으로 적어놓는 곳이니까.

박 : 그렇지. '내'가 하고 싶은 말을 '근거'를 들어 설명하는 곳. 그곳이 바로 논증부야. 일반적으로 지금까지의 주장들이 이렇게 잘못되었기 때문에 대안이 필요하다. 그리고 내가 제시하는 합리적인 대안은 이러이러한 근거가 있기 때문에 옳다. 이렇게 주장하는 것이지. 간단하게 말하면 지금까지의 글들보다 내 글이 낫다는 것을 합리적으로 이야기해야 하는 곳이란다.

신 : 논증부가 다른 부분보다 신경을 많이 써야 하는 부분 같아요. 물론 도입부, 진술부, 반론부, 논증부, 맺음말 모두 중요하지 않은 것은 아니지만. 나의 주장을 설득력 있게 표현하고, 또 내가 말하고자 하는 한 문장의 주제문을 통일성 있게 표현해야 하는 곳이 논증부니까.

박 : 그렇지. 그럼 논증부의 개요는 어떻게 구성할 수 있을까?

신 : 그때 설정했던 주제문인 '국가의 역할은 국민의 안전을 보장하는 데 국한되어야 하며, 국가는 이 목적을 위해서만 제한적으로 빅데이터를 이용할 수 있다.'를 표현해야겠네요.

개념	내용
논증부	야경국가(국가는 국민의 안전을 보장하는 것이 그 역할의 한계이다)설의 주장을 소개하고, 감시사회의 단점을 비판한다(논박), 연구논문과 설문조사 결과, 헌법이 지키는 가치와 프라이버시권의 내용의 대해 자세하게 소개하고, 어째서 국가가 야경국가가 되어야 하는지에 대한 합리적인 근거를 찾아 제시한다. 그리고 결국 국가와 국민의 역할은 이렇게 되어야 한다고 정의내린다.

박 : 이제 제일 중요한 것이 하나 남았어. 바로 맺음말이지. 맺음말은 어떻게 구성해야 할까?

신 : 음. 단순히 본론 요약 정리라고 하면 뭔가 섭섭하겠죠?

박 : 맞아. 본론 요약 정리가 맺음말의 본질은 맞지만, 진짜 본론 요약 정리만 하면 앞에서 한 이야기 그대로 반복하는 것이니까 똑같은 말을 하기보다는 변화를 줘야겠지.

신 : 그럼 글의 내용에는 변화를 주면서 논지는 유지해야겠네요. 지금까지의 구성을 다시 한 번 되짚어보면서 마지막으로 한 번 더 강조해주는 맺음말. 개요로 적어봤습니다.

개념	내용
맺음말	지금까지의 이야기를 통해 두 가지 주장을 살펴보았는데, 지금의 국민 감정과 헌법적 가치 등에 비추어 볼 때 지금 논증부에서 한 주장이 옳다는 것을 다시 한 번 강조하고, 명언을 인용하여 사람들에게 감동을 불어넣으면 글을 마무리한다.

박 : 이렇게 요약한 글에 살을 붙여 완성하면 비로소 한 편의 소논
　　문이 완성되는 거지. 다른 글들도 똑같아. 특히 주장하는 글이
　　나 설득하는 글, 내 견해를 상대방에게 이야기하는 글이나 토
　　론의 입장문 등을 작성할 때 이 5단 글쓰기 방법론을 적용한
　　다면 보다 효율적으로 상대방을 설득할 수 있겠지.

신군의 5단 글쓰기 방법론 정리 TIP

(1) 도입부 : 글의 도입 단계
 - 독자의 흥미를 유발하게 한다.
 - 개념 제시, 물음의 형식 등이 있다.
 - 일반적으로 권장되는 방식은 격언, 속담 등을 인용하는 것이다.
(2) 진술부 : 논제 쓰기 단계
 - 객관적이고 중립적인 형태로서 토픽을 제시해준다.
 - 어떤 주제를 다루고 있다는 것을 보여주되, 너무 자신의 주장을 펼칠 필요는 없다
 - 논쟁점을 정리하여 제시해 줄 필요는 있다.
 - 문두에 "사실 ~~에 대한 이야기가 있다."라는 형식을 사용한다.
(3) 반론부 : 상대의 주장 반박 및 체크 단계
 - 분량은 **30%** 정도로 한다.
 - 논적의 중요, 주장을 검토하는 모습을 보여준다.
 - 자신의 주장에 반하는 다른 주장에 대해 검토하고, 반박한다.
 - 단, 반박과 검토를 할 때 '근거'를 들어 합리적이고 논증적으로 검토해야 한다.
 - 문두에 "일반적으로 사람들은 ~~라고 말한다."라는 형식을 사용한다.
(4) 논증부 : 나의 주장 및 그것에 대한 근거 제시 단계
 - 분량은 **40%** 정도로 한다.
 - 자신의 논지를 명확하게 제시한다.
 - 지금까지의 글들보다 내 글이 낫다고 주장하는 것.
 - 자신의 주장에 대한 근거를 충분히 제시한다.
(5) 맺음말 : 본론 요약 정리 단계
 - 똑같은 말을 하지 말고 변화를 주되 논지를 유지한다

적용 : 2-1에서 적은 글쓰기 계획을 적용해 세부적인 계획을 세워보자(가안)

개념	내용
도입부	
진술부	
반론부	
논증부	
맺음말	

3 주차

주제를 어떻게 잡을 것인가,
내가 가지고 있는 문제의식은 무엇인가?

1. 주제를 어떻게 잡을 것인가?

신 : 지난주에 소논문을 작성하기 위해 준비해야 하는 것들과 과정에 대해서 알아봤는데, 사실 소논문을 작성하는 방법을 아는 것도 중요하지만 자신이 글을 쓰고 싶은 '주제'를 정하는 것을 어려워하는 친구들이 많더라고요. 이번 주에는 먼저 주제를 선정하는 방법에 대해 이야기를 시작하면 좋을 것 같아요.

박 : 음. 그렇지. 주제라. 어떤 점에서 주제 잡기가 어려운 걸까?

신 : 아무래도 무작정 소논문을 써라. 보고서를 써라 하고 과제가 나오니까 주제 정하기를 어려워하는 것 같아요.

박 : 보통 글쓰기 수업에서는 '자신이 관심 있는 내용에 대해 개요를 작성해 승인을 받고 보고서 쓰기'를 과제로 하거나, '특정 범주를 이야기해주고 해당 범위 내에서 소논문 쓰기'를 과제로 내주는데. 이런 경우에는 관심 있는 내용에 대해 개요 짜기에서 주제 잡기가 어렵다고 하는 것일까?

신 : 아무래도 그렇겠죠? 하지만 범주를 정해준다고 해서 주제 정하기가 그렇게 쉽게 되지는 않을 것 같아요. 어떻게 하면 자신이 흥미를 가지고 쓸 수 있는 주제를 정할 수 있을까요?

박 : 그거 참 어려운 문제다. 주제에 관심이 없다면 열정을 가지고 글을 쓰기 어려울 터인데. 어떻게 하면 학생들이 자신이 좋아하고 탐구할 수 있는 주제를 정해서 글을 쓰도록 도와줄 수 있을까?

신 : 보통 교수님이 자유주제로 글을 쓸 때 주제를 정하는 방법을 이야기해보면 어떨까요?

박 : 내가 자유 주제로 글을 쓸 때는 보통 내가 지금 관심을 가지고 있는 것들. 이를테면 내가 지금 연구하고 있는 포티우스의 <도서관>이라는 철학 서적이나 우리나라 정치, 최근 개봉한

영화 등을 종이에 적어 놓고, 그것들이 공통적으로 가지고 있
는 큰 범주를 추출해 내는 과정을 먼저 거친단다.

신 : 지금 관심을 가지고 있는 것들을 쭉 적어놓고, 적힌 내용들
중 겹치는 것들을 찾아 범주화하는 것을 말씀하시는 건가요?
예를 들어 지금 교수님이 말씀하시는 내용들을 범주화하면
'철학의 물음들', '정치 문제', '영화 비평'이 될 수 있겠군요.

박 : 정확해. 아래 표와 같이 정리할 수 있겠다.

적용	내용
내가 관심있는 것들	섹스투스 엠피리쿠스의 <피론주의 개요>, 플라톤의 <향연>이 주는 화두 격변하는 정치현실 속 우리가 나아가야 할 방향은? 최근 개봉한 영화, 감명깊게 본 영화, 독서 등등.
범주화	'철학의 물음들' '우리나라 정치 문제' '영화 비평'

박 : 이렇게 관심 있는 것들에 대한 범주화를 끝낸 다음엔, 지금 내
가 탐구해보고 싶은 것. 탐구하면 재미있을 만한 범주를 하나
골라야겠지. 내가 철학을 전공했으니까 '철학의 물음들'이라는
범주를 고른다면, 그 다음에는 '철학의 물음들'이라는 영역에
서 찾아볼 수 있는 '탐구하고 싶은 내용'을 찾아봐야겠지.

신 : 철학에서 탐구하고 싶은 내용들이라. '정의란 무엇인가?'는 어
떨까요?

박 : 플라톤의 『국가』에 나온 정의란 무엇인가라는 철학의 물음.
그것도 정말 좋은 주제지. 지금 떠오르는 철학의 물음들이라
는 범주 속의 탐구하고 싶은 내용들은 '죽음은 두려운 것일
까', '사랑이란 무엇인가', '진리란 존재하는가?' 정도네. 표로
정리하면 아래와 같겠다.

적용	내용
범주	'철학의 물음들'
탐구하고 싶은 내용	'정의란 무엇인가', '죽음은 두려운 것일까?' '사랑이란 무엇인가?', '진리란 존재하는가?'

신 : 그럼 이 탐구하고 싶은 내용들 중에서 주제를 정하면 되겠네요.

박 : 그렇지. 이런 형태로 자신이 관심을 가지고 있는 내용에서 범주화를 시키고, 그 범주화 중 자신이 가장 흥미있는 범주를 선택한 뒤, 해당 범주 속에서 탐구해보고 싶은 내용들을 몇 가지 뽑아내고, 그 중에서 글쓰기에 적합한 주제를 골라내는 것. 이런 방식으로 주제를 정한다면, 보다 쉽게 자신이 쓸 글의 주제를 정할 수 있지 않을까 싶다.

신 : 그렇네요. 관심 있는 것을 범주화하고, 그 속에서 주제를 추려낸다라. 정말 좋은 방식 같아요. 그렇다면 만약 '범주'를 정해준 다음 그 범위 내에서 주제를 정해 글을 쓰라고 한다면, 어떻게 주제를 설정하는 것이 좋을까요?

박 : 그런 경우에도 앞에서 설명한 방법과 유사하게 진행하면 된단다. 범주가 정해져서 나왔으니 범주화 이후의 과정부터 진행하면 되겠지.

신 : 제시된 범주에서 추려낼 수 있는, 내가 관심이 있거나 탐구하고 싶은 내용을 적은 다음, 그 중에서 주제를 선택하라고 말씀하시는 거죠? 예를 들어 '교육'이라는 범주가 주어졌다면 그 속에서 평소 관심을 가지고 있었던 '교육제도의 문제', '수강 신청 제도의 모순', '고등학교 교육과정 문제', '입시제도'등을 적어보고, 쓰기에 적합하고 흥미 있는 한 가지 문제를 골라 주제로 설정하면 되겠네요.

박 : 그렇지. 만약 그 범주에 관심이 전혀 없었다고 한다면 네이버 등
에 해당 범주를 검색한 다음 정보를 읽어보는 것도 괜찮아. 커다
란 한 가지 범주에는 생각보다 굉장히 다양한 내용들이 나올 수
있기에, 관심이 없었다고 하더라도 한 가지쯤, 적어볼만한 내용들
이 나올 수 있단다. 그것을 주제로 글쓰기를 시작하면 되는 거야.

신군의 주제를 정하는 방법 TIP

(1) 나의 관심주제 찾기
  -> 자신이 관심있는 내용들을 찾아 적어 본다.

(2) 범주화 시키기
  -> 다양한 내용들에서 공통적이고 핵심적인 부분을 추려내 몇 가지의 '범주'를 찾아
    적어본다. 이때 범주는 작은 것보다는 넓은 범위를 포함할 수 있는 것들로 한다.

(3) 관심 범주 정하기
  -> 관심있는 내용들을 정리한 다양한 범주 중에서, 내가 가장 흥미가 있거나 관심이
    가는 범주 하나를 선택한다.

(3-1) 범주가 정해져 있다면
  -> 내가 평소 관심을 가지고 있는 범주라면 정말 좋다. 하지만 그렇지 않을 경우나
    전혀 모르는 범주가 주어졌을 경우에는 검색을 해 보자. 정보의 바다를 돌아다니다
    보면 그 범주 중에서 관심 있는 내용이 반드시 나온다!

(4) 탐구하고 싶은 내용 찾기
  -> 관심 범주 속에서 탐구하고 싶은 내용들을 생각나는 대로 추려 정리하고, 기록한다.

(5) 주제 정하기
  -> 탐구하고 싶은 내용에 적은 다양한 주제들 속에서, 소논문의 주제로 사용할 한 가지
    가장 적합한 주제를 고른다.

적용 : 나의 관심 주제를 찾아보자

적용	내용
내가 관심있는 것들	
범주화	
탐구하고 싶은 내용	
주제 정하기	

2. 내가 가지고 있는 문제의식은 무엇인가?

박 : 그때, 글쓰기 계획을 세울 때 범주(대분류)를 세운 다음 주제
　　를 찾고, 무엇을 해야 한다고 했더라..

신 : 질문을 던져야 한다고 하셨어요. 문제의식을 가지고, 그 문제의
　　식에 대한 답을 찾는 것이 바로 주제문을 찾아가는 과정이라고.

박 : 맞아. 그렇지. 이번 시간에는 저번 시간에 찾은 주제에 대해
　　질문을 던지는 시간을 가지려고 해.

신 : 문제의식 갖기. 제일 처음에 이야기했던 비판적 사고의 일환
　　으로 봐도 될 것 같은데. 주제에 어떻게 접근하면 쉽게 질문
　　을 던질 수 있을까요?

박 : 음. 다르게 보기라고 해야 할까? 요즘 대학교에 올 수 있는 길
　　이 다양하잖아. 아래 표와 같이 범주를 정해서 주제를 잡았다
　　고 하고 이야기를 해 보자.

적용	내용
범주	교육 제도
주제	입시제도와 학생부 종합전형

박 : 교육 제도 중에서, 특히 이 책을 보게 될 친구들과 관련이 많
　　고 직접 겪어왔을 주제라고 한다면 아무래도 입시 제도겠지?
　　그리고 그 중에서도 요즘 말이 많은 학생부 종합전형. 과연
　　어떻게 '입시제도와 학생부 종합전형'에 대해 문제의식을 발
　　견할 수 있을까?

신 : 우선 주제에 대해 문제가 없는가?라는 생각을 가지고 살펴봐
　　야 할 것 같아요. 입시제도와 학생부 종합전형이라. 입시제도

에도 문제가 있고, 학생부종합전형에도 문제가 있겠네요.

박 : 그렇지. 완벽한 제도는 없는 것이라고 말하지만, 입시제도와 학생부 종합전형은 지금 당장 경험한, 혹은 경험하고 있는 문제일 것이기 때문에 다소 문제점이 잘 보일 거야. 구체적으로 어떤 문제점이 있을까?

신 : 입시제도라고 한다면 정시와 수시로 대표되는 두 가지 화두가 있을 것 같아요. 정시 25 : 수시 75라는 비율의 문제부터 시작해서, 수시에서 30%이상의 비중을 차지하는 학생부 종합전형, 그리고 내신 성적으로 평가하는 교과전형, 각종 대학별 논술고사 등의 문제 역시 빼놓을 수 없을 것 같고요.

박 : 수능 문제랑 종합전형 문제는 나도 들어본 것 같아.

신 : 언론에서도 계속 다루고, 또 일정하지 않고 매년 바뀌니까요.

박 : 그렇네. 지금 이야기한 내용만 봐도 참 문제가 많다. 이렇게 많은 문제들 중에서 어떤 문제를 골라 탐구하고 싶니?

신 : 개인적으로는 학생부종합전형에 대해서 이야기하고 싶네요. 제가 학생부 종합전형으로 대학에 오기도 했지만, 이 종합전형이라는 것이 좋은 점도, 또 나쁜 점도 있기 때문에, 이 문제에 대해 글을 한번 써 보고 싶어요.

박 : 그럼 네가 가지고 있는 주제와 그에 대한 문제의식을 정리해 보면 아래 표와 같겠구나.

적용	내용
주제	'입시제도와 학생부 종합전형'
문제가 없는가?	정시 : 수시 비중의 문제부터 시작해서 종합전형, 교과전형, 자주 바뀌는 입시제도 등 문제가 많다.
탐구하고 싶은내용	'학생부 종합전형의 문제점'
문제의식 정하기	학생부종합전형의 명암(明暗)과 개선방안은 무엇인가?

신 : 네. 구체적으로 학교에서 학생부 종합전형을 준비하는 현장의 어려움과, 또 거기에서 발생하고 있는 수많은 부조리. 그리고 대학에서 종합전형을 평가하는 데 발생하는 어려움이나 학생들이 느끼는 불공정함 등 다양한 문제들을 겪어온 만큼, 보다 깊이 있는 탐구가 가능하지 않을까 싶어요.

박 : 문제의식을 정할 때 그게 제일 중요해. 물론 전혀 모르는 주제에 대해 탐구하게 될 수도 있겠지만. 기본적으로 자유주제나 자신이 하고 싶은 주제에 대해 탐구할 때는, 자신이 경험하고, 또 그 분야에 대해 많은 지식을 가지고 있는 문제의식을 생각해 보는 것이지. 물론 이게 정답은 아니지만. 소논문이나 학생이 쓰는 연구보고서라고 하더라도 보다 깊이 있는 글이 나오면 좋지 않을까.

적용 : 내가 생각한 내용(문제)을 하나의 문장으로 완성해보자.

적용	내용
내가 정한 주제	
문제가 없는가?	
탐구하고 싶은 내용	
문제의식 정하기	

활동 : 아래 글을 읽고 주제와 문제의식을 분석해 보자.

'현실을 직시하라'는 화두(話頭)
- 부당거래 보고 쓴 감상문 -

학생글

'부당거래'는 현실적인 영화이다. 거미줄처럼 얽힌 사람들 사이에서 자신들의 이익을 챙겨야 하는 이해관계와, 그 이해관계 사이에서 자신의 영달을 위해 부당한 거래를 하는 인간군상의 모습을 보여준다. 검사와 스폰서, 국장과 일반 경찰, 학벌, 인맥 등 한국 사회의 암적인 면을 그대로 드러내는 것 역시 이 영화의 묘미라고 할 수 있다. 특히 영화 전반을 지배하는 갈등 구조는 바로 가장 공정하고 사적 관계를 지양해야 할 정부기관인 검경의 대립이다. 현실 속에서 실제로 벌어지고 있는 이 대립구조는 우리가 직시해야 할 냉정한 현실을 보여준다.

경찰대 출신이 아니라는 이유로 진급이 누락된 최철기 반장은, 국장이 제시한 든든한 뒷배경이라는 유혹에 넘어가 그가 시키는 대로 범인을 조작하고, 처음으로 부당거래를 하게 된다. 그리고 이 일로 장석구에게 약점을 잡히고, 장석구는 이동석을 범인으로 조작하여 빌딩 입찰을 유리하게 만든다. 그리고 빌딩 입찰에서 라이벌 관계였던 태경그룹 김 회장이 주양 검사의 스폰서였고, 이 일로 인하여 주양 검사는 장석구와 최철기를 주목하게 된다. 이처럼 영화의 스토리는 부당거래로 시작하여 부당거래로 끝난다. 조작과 조작. 갈등과 갈등이 이어지고 이런 거래와 갈등은 우리나라가 직면하고 있는 현실의 모습을 보여준다. 그리고 사람들에게 권력이 무엇이고 비리가 왜 발생하게 되는지, 검찰과 경찰의 갈등, 그 속에서 보이는 권력의 추악한 모습들은 영화를 보는 사람들로 하여금 '권력과 폭력'에 대해 생각하게 하는 하나의 화두를 던져준다.

물론 영화 속에서 보이는 모습이 우리나라 현실 전부를 반영하는 것이 아니라는 점에서 오해나 비평의 소지가 있다. 범인의 조작이 아무리 윗선의 지시가 있다고 하더라도 비현실적인 면이 존재하며, 경찰이 사망하는 사건과 검사의 비리가 폭로된 사건은 마약과 같은 중대한 사건이 터진다고 하더라도 사회 속에서 쉽게 가라앉지 않는 논쟁이다.

하지만, 그럼에도 불구하고 이 영화는 앞서 말한 것과 같이 우리가 보아야 할 사회의 현실과, 그 속에 거미줄처럼 얽혀 있는 부당한 학벌, 인맥, 스폰서, 권력, 금력 등의 유착관계를 적나라하게 보여주기에, 사람들로 하여금 이에 대해 생각하게 하고 사회를 바꾸어 나갈 수 있는 하나의 원동력을. 생각해 볼 수 있는 화두를 제공하기에, 영화로서의 가치는 높다고 할 것이다. 미디어가 가지는 가치 중의 하나가

사회의 모습을 보여주고 사람들로 하여금 이를 깨닫게 하는 방법을 통해 사회가 더 나은 방향으로 나아갈 수 있는 역할을 하는 것이기 때문이다.

인도의 정신적 지도자 마하트마 간디는 "미래는 현재 우리가 무엇을 하느냐에 달려 있다"라고 말했다. 지금 우리가 어떤 생각을 하고, 어떤 행동을 하느냐에 따라 미래는 변한다는 이야기다. 영화가 던져주는 '현실을 직시하라'는 화두를 받아 어떻게 변화하느냐에 따라 우리의 미래는 변할 것이다. 그렇기에, 우리는 사회 현실을 비판하는 영화와 글을 찾아 감상하고, 생각해보아야 한다. 그런 의미에서 이번 기회에 영화 <부당거래>를 감상하고, 우리 사회가 나아가야 할 길에 대해 생각해보는 것을 권해 본다.

구분	내용
범주	
주제	
문제의식	
자료	

박교수의 감상문 분석 & 글쓰기 TIP

1. 글 제목이 "'현실을 직시하라'는 화두(話頭)"이다. "부당거래 보고 쓴 감상문"은 부제이다. 우리가 글의 제목을 정할 때, 단순히 "어떤 책을 읽고", "어떤 영화를 보고" 라는 형태의 제목을 많이 사용하는데, 이는 잘못이다. 왜냐하면 제목에 자신의 생각, 즉 주제문이 들어가야 하기 때문이다. 단, 책이나 영화가 생소해 소개해줄 필요가 있을 때에는 부제로 사용하는 것이 좋다. 이것은 꼭 유념하기 바란다.

2. 감상문은 글을 읽은 사람들로 하여금 관련 책이나 영화를 읽거나 보게끔 유도하는 것이 중요하다. 책이나 영화의 장단점 및 의의에 대한 이야기가 꼭 들어가야 한다.

4 주차

내가 주장하고 싶은 내용은 어떤 것인가,
내 주장의 근거는 무엇인가?

1. 내가 주장하고 싶은 내용은 어떤 것인가?

박 : 혹시, 지난 시간에 문제의식에 대해서 이야기하고 정리한 내용 기억나니?

신 : 당연히 기억나죠.

적용	내용
주제	'입시제도와 학생부 종합전형'
문제가 없는가?	정시 : 수시 비중의 문제부터 시작해서 종합전형, 교과전형, 자주 바뀌는 입시제도 등 문제가 많다.
탐구하고 싶은내용	'학생부 종합전형의 문제점'
문제의식 정하기	학생부종합전형의 명암(明暗)과 개선방안은 무엇인가?

박 : 그때, '학생부종합전형의 명암(明暗)과 개선방안은 무엇인가에 대해 의문을 가졌었잖아. 학생부종합전형의 명암과 개선방안이 구체적으로 어떤 것들이 있어?

신 : 음. 많은 문제들이 있겠지만 우선 학생부 종합전형과 같은 경우 학생들이 평가기준을 알 수 없다고 하는 문제가 제일 심각한 것 같아요. 자신의 학교생활기록부가 어떤 영역에서 어떻게 평가되는지, 자기소개서가 어느 정도의 점수를 차지하는지를 알아야 미리 준비하고, 또 공정성을 기하는 데 도움이 되지 않을까요?

박 : 그게 주된 문제니?

신 : 사실 근본적인 문제는 아닌 것 같아요. 종합전형을 근본적으로 개선하기 위해서는 현재의 수능 위주의 교육과정 운영방식의 개선과 고교정상화가 우선시되어야지 대학에 무작정 평가기준을 모두 공개하라고 할 수만은 없으니까요.

박 : 그렇구나. 그럼 너가 주장하고 싶은 것은, 학생부종합전형의 장점과 단점을 제시한 다음, 이런 단점을 개선하기 위해서는 수능위주의 교육방식을 개편하고 고교정상화 사업을 적극적으로 추진하자. 이 정도가 되겠구나.

신 : 맞아요. 아마도 글을 쓴다고 하면, 이 전형으로 대학을 가고, 또 3년간 꾸준히 준비해온 입장에서 봐온 학생부종합전형의 장점과 단점을 사실적으로 드러낸 다음. 이러한 단점이 발생하게 된 계기를 살피고, 그 원인이 바로 수능위주의 교육방식과 비정상적인 고등학교 교육이라는 것을 드러낸 다음, 어떻게 하면 이를 개선할 수 있을지에 대해 제언하는 형식으로 적을 것 같아요.

박 : 이번에 이야기해볼 주제인 '주장하고 싶은 내용 정하기'가 바로 네가 말한 거랑 같은 과정을 거치면 된단다. 지난 시간에 이야기했던 것처럼 범주 내에서 하나의 주제를 정하고, 또 그 주제에서 탐구하고 싶은 내용들을 한번 알아보고, 알아본 내용 중에서 문제의식으로 삼을 만한 것을 고른 뒤 내가 할 주장을 생각해보는 것이지.

신 : 그러니까 일단 문제의식을 가진 다음, 그 문제에서 도출해낼 수 있는 해답을 찾아가는 과정이 바로 나의 '주장'이겠네요. 단순히 널리 알려진 해결방법이나 단순한 보완책을 찾아내는 것이 아닌 나만이 주장할 수 있는 방법, 내가 처음 이야기하는 해결책이면 더욱 좋겠고요.

박 : 우수한 논문도 바로 그런 것들이야. 남들이 생각하지 못했던 내용을 생각하고, 그 속에서 보다 나은 해결방법을 찾아나가는 논문들.

신 : 그게 제일 어려운 말 같아요. 다른 생각을 하는 것. 색다른 해결책을 찾아내는 것이 세상에서 제일 어려운 일인데.

박 : 그러니까 생각을 많이 해야겠지? 배경지식도 넓어야 할 거고.
방대한 배경지식과 깊이 있는 생각이 합쳐진다면, 보다 우수
한 주장이 나올 수 있단다.

신 : 책을 더 많이 읽어야겠네요^^. 그럼 이제 대화 속에서 나온
주제문을 정리하면 아래와 같다고 볼 수 있겠습니다.

적용	내용
탐구하고 싶은내용	'학생부 종합전형의 문제점'
문제의식 정하기	학생부종합전형의 명암(明暗)과 개선방안은 무엇인가?
주장 만들기	고등학교 교육의 정상화와 수능위주 학업을 탈피한 꿈과 끼를 찾도록 도와주는 학교 지원 정책을 펼친다.

적용 : 내가 생각한 문제의식에 대한 주장을 만들어보자.

적용	내용
탐구하고 싶은 내용	
문제의식 정하기	
주장 만들기	

2. 내 주장의 근거는 무엇인가?

신 : 그런데, 저번에 이야기할 때 단순히 주장을 잘 해야 한다는 이야기만 했지, 어떻게 해야 좋은 주장인지에 대한 이야기는 하지 않은 것 같아요.

박 : 응? 했잖아.

신 : 음. 그런 거 말고요. 전에 무작정 주장만 하고 나면 그것은 합리적인 주장이 아니라 자신만의 독단이라고 말씀하셨던 거요!

박 : 아하. 내가 그걸 이야기 안 했구나. 중요한 걸 짚어 줬어. 근거 없는 주장은 주장이라기보다는 독단이지. 합리적이고 다양한 근거가 있어야 좋은 주장이라고 할 수 있어.

신 : 맞아요. 제가 단순히 수능위주 교육을 탈피해야 한다고 주장하는 것과, 통계 자료, 교육의 목적과 관련된 법조항, 학교 지원 정책을 펼쳐야 하는 조사자료 등을 가져와서 구체적으로 이야기한다면 저의 주장을 보는 사람들에게 보다 설득력 있는 언급이 가능하겠죠.

박 : 그렇기 때문에 근거가 중요한 거야. 주장에는 항상 근거가 따라다닌다는 것을 기억하고, 어떻게 하면 주장에 대한 더 좋은 근거를 마련할 수 있을까를 생각해야지. 주장에 대한 근거는 설문조사도, 경험도, 통계도, 분석도, 아니면 격언도 될 수 있는 만큼 많은 배경지식을 가지고 있는 것도 필수적인 요소가 아닐까. 참. 그리고, 너가 주장하는 내용인 '고등학교 교육의 정상화와 수능위주 학업을 탈피한 꿈과 끼를 찾도록 도와주는 학교 지원 정책을 펼친다.'의 근거를 정리하면 어떤 것들이 있을까?

신 : 제 주장에 대한 근거를 정리해볼게요.

적용	내용
나의 주장	고등학교 교육의 정상화와 수능위주 학업을 탈피한 꿈과 끼를 찾도록 도와주는 학교 지원 정책을 펼친다.
근 거	사교육걱정없는세상 등이 전국의 중, 고등학생과 대학생들을 대상으로 조사한 자료에 따르면 수능 위주의 학교교육은 사회에서 필요한 능력을 키우거나 학생부종합전형에 필요한 능력을 기르는 데 별다른 도움이 되지 않는다는 압도적인 조사 결과가 있었다.
	교육기본법에 따른 교육의 본질적인 목적은 단순히 잘 외우고 시험을 잘 보는 암기왕을 양성하는 것이 아닌 아이들이 가지고 있는 각자의 재능을 찾으며 교육환경 속에서 자신의 끼를 발휘하고, 흥미와 적성을 발견하여 꿈을 찾아가는 것이다.
	교육현장의 학생과 교사들 역시 실효성을 잃은 수능 위주의 교육보다는 학생이, 선생님이 즐거운 수업을 바라고 있다.

적용 : 나의 주장에 대한 근거를 3가지 이상 찾아보자

적용	내용
나의 주장	
근 거	

5 주차

내 주장과 반대되는 주장들은
어떤 것들이 있는가,
반대되는 주장들의 근거는 무엇인가?

1. 내 주장과 반대되는 주장들은 어떤 것들이 있는가?

신 : 교수님. 사람들이 제 주장을 보고 다르게 생각할 수도 있지 않겠냐면서 반박하는 경우들이 많은데, 자꾸 똑같은 주장을 반박하는 경우가 많아요. 어떻게 하면 이런 경우를 방지하면서 제 글에 설득력을 부여할 수 있을까요?

박 : 그럴 때는 글에 '내 주장과 반대되는 주장'을 미리 찾아서 반론부에 넣어놓고, 그 주장이 왜 잘못되었는지를 미리 검토하고, 설명해주는 것이 좋은 방법이다. 이른바 '흔하게 반대될 수 있는 주장을 찾아 미리 반박하기' 라고 해야 할까?

신 : 그러니까 제 주장인, '고등학교 교육의 정상화와 수능위주 학업을 탈피한 꿈과 끼를 찾도록 도와주는 학교 지원 정책을 펼친다.'가 있다면 여기서 사람들이 주로 반박할 만한 것들을 미리 찾아서 글에 언급하고, 어째서 이런 반박들이 틀렸는지를 적어놓으라는 것이군요.

박 : 맞아. 정확해.

신 : 교수님. 그럼 어떻게 하면 그런 반박들을 미리 찾고 정리할 수 있을까요? 우리가 한 가지 주장을 하게 되면 상대적으로 자신의 주장에 반대되는 의견을 직접 생각해내기는 어렵잖아요.

박 : 그런 반박을 찾기 위해서는 친구들과 자신의 주장을 함께 이야기해 본다거나, 주제에 관해서 검색을 하는 방법이 있을 수 있겠지. 너가 경험한 것도 마찬가지야. 주변 사람들의 반응 역시 반박거리를 알아보는 방법 중 하나란다. 내용을 한번 정리해보겠니?

신 : 그럼, 아래 표에 이야기하면서 들은 내용들을 정리해볼게요~

적용	내용
나의 주장	고등학교 교육의 정상화와 수능위주 학업을 탈피한 꿈과 끼를 찾도록 도와주는 학교 지원 정책을 펼친다.
반대되는 주장	현재 우리나라의 현실에서 과연 수능을 배제한 고교교육 정상화가 가능할까?
	학교들이 학교 지원사업의 수혜를 받기 위해 계획을 올리고, 실제로 계획대로 시행하지 않는 경우가 많기에 실질적으로 효과가 없는 정책이다.
	학교교육의 기능은 꿈꽈 끼를 키우는 것도 있지만, 분명히 사회를 살아가면서 필요한 기초지식을 습독하게 하는 기능 역시 존재한다. 수능은 그런 기초지식을 얼마나 잘 가지고 있느냐를 테스트하는 것이다.

적용 : 나의 주장에 반대하는 주장들을 여러 가지 찾아보자

적용	내용
나의 주장	
반대되는 주장	

2. 반대되는 주장들의 근거는 무엇인가?

박 : 지난번에는 자신의 의견과 반대되는 주장을 찾아 정리하는 과
   정에 대해 이야기했던 것 같은데, 진전은 좀 있니?

신 : 덕분에 잘 정리한 것 같아요. 그런데 문제가 하나 있어요. 글
   에 반대되는 주장들을 반박하는 내용들을 넣으려고 하는데,
   어떤 형태로 반박을 시작해야 할지 잘 모르겠어요.

박 : 글쓰기 과정을 생각해보면 간단하게 해결할 수 있는 문제란다.
   우리가 '주장'을 찾고, '근거'를 찾는 과정. 기억나니?

신 : 네. 주장을 찾을 때 범주화를 한 다음 관심 있는 내용들을 찾
   고, 그 속에서 연관된 내용들을 정리하고 자료를 찾아 근거를
   만들었었어요.

박 : 반박하는 것도 똑같아. 반박을 할 만한 주장들에 대한 근거를
   찾고, 글을 쓰는 사람의 입장에서 그 근거를 반박할 수 있는
   자료를 찾아보는 거지.

신 : 그렇다면, 만약 수능을 배제한 교육정상화가 가능할까라는 반
   박주장이 있다면, 이와 관련된 통계나 설문조사, 학술자료 등
   을 찾아보고, 또 저의 원래 주장과 관련된 정보들 역시 같이
   찾아본 뒤 반박주장이 잘못되었다고 설득할 수 있는 내용들을
   찾아 글을 작성하면 되겠군요.

박 : 정확해. 그럼 어디 한번 해볼까? 아까 말한 교육정상화가 가능
   할까? 라는 주장에 대해서 정리해 보자.

신 : 그러실 줄 알고 여기 미리 준비해 왔어요^^.

적용	내용
반대되는 주장	현재 우리나라의 현실에서 과연 수능을 배제한 고교교육 정상화가 가능할까?
근 거	학부모들을 대상으로 수능을 배제한 대안학교에 대한 설문조사를 실시했을 때, 거리낌 없이 자녀를 보내겠다고 응답한 학부모의 비중은 1%가 채 되지 않았다.
	지금까지의 교육정책이 효과가 마냥 없는 것이 아니었고, 실제로 세계적인 성과 역시 내고 있다.
	정책의 실 수혜자인 학생들이 과연 수능을 배제한 학교교육에

적용 : 나의 주장에 반대하는 주장의 근거를 3가지 이상 찾아보자

적용	내용
반대되는 주장	
근 거	

6 주차

한국 사회, 어떻게 개혁되어야 하는가,
어떻게 사는 것이 잘 사는 것일까?

1. 한국 사회, 어떻게 개혁되어야 하는가?

활동 : '한국 사회, 어떻게 개혁되어야 하는가?'를 주제로 글쓰기 계획을
작성하고, 글을 적어 보자.

구분	내용
범주	
주제	
문제의식	
자료	

공간이 부족할 경우 타 종이 활용

학생글 및 분석(6-1)

개혁(改革)이란, 정치·사회상의 구체제를 합법적·점진적 절차를 밟아 고쳐 나가는 과정으로, 체제의 본질은 유지하면서 일부분만을 사회의 발전에 적합하도록 변화시키는 것이다. 즉, 완전히 새로운 것이 아닌 변화를 통해 한국 사회의 개혁 방안을 모색한다는 것이다. 나는 이 글을 통해 한국 사회가 어떻게 개혁되어야 하는가를 경제적, 제도적 관점에서 논해보고자 한다.

지금의 한국사회는 과거보다 많이 발전했고, 이전의 단순했던 모습에 비해 훨씬 복잡하고, 서로가 서로에게 많은 영향을 끼치는 모습으로 변화해 왔다. 좋은 방향으로만 발전하면 좋겠지만, 빛과 어둠은 공존할 수밖에 없는 것과 같이 사회발전에 따른 어두운 모습들도 많이 나타나게 되었다. 일례로 이전보다 아이를 키우기 좋은 환경이 만들어졌지만, 이에 따라 증가한 양육비 부담으로 인해 저출산이라는 문제가 발생하고 있고, 과거보다 대학 졸업자들이 눈에 띄게 많아졌지만 이에 따른 일종의 학벌 중심 사회가 구성되어 과거보다 일자리를 찾기가 더 힘들어지는 것과 같은 현상들 또한 발생하고 있다. 이에 더해 갑을 논란, 기득권층의 부당한 특혜논란 등 많은 문제점들을 어떤 변화를 통해 해결할 수 있는지에 대해 살펴보자.

일제강점기 이후 정말 하루 끼니를 걱정해야만 했던 상태에서 이후 50년동안 우리나라는 부단한 노력을 통해 세계가 주목하고 인정할만한 정도의 발전을 모든 방면에서 이룩해낼 수 있었다. '한강의 기적'이라고 불리는 이런 기적적이고 놀라운 발전은 오직 '발전'이라는 단어 하나에 모든 에너지를 쏟아부었기 때문에, 우리나라는 사회발전 속도와 시민의식의 발전 속도가 조금은, 어쩌면 조금이 아닐지도 모르는 차이가 나게 되었다. 발전이라는 이름 아래 민주주의가 억압당하고, 마치 기계와 같은 모습을 보이던 때 역시 있었다. 그러나 이제 우리 사회는 세계 속에서 꼽히는 강대국의 반열에 올라 있고, 이제는 사회발전보다는 시민의식의 성장에 초점을 맞추어야 하는 일종의 과도기적 상황에 놓여 있다. 그렇기에 이 시기 속에서 우리는 지금 우리 사회의 모습을 보다 긍정적으로 바꿀 수 있는 방안을 찾아보아야 한다.

지금 우리나라 사회 속에서, 정책의 결정과 같은 국가의 향방을 결정하는 일들은 대부분 정부에서 일어난다. 이 사회가 현재 상당히 수동적이라는 것을 보여주는 단적인 예다. 이것이 바로 사회발전과 시민의식의 성장속도 차이에서 생겨난 괴리와 같다. 민주주의 사회 내에서 현재 대부분의 시민들은 투표 참여 이외에는 어떠한 목소리를 만들어내지 못하고 있다. 이제는 이런 한계를 넘어 스스로가 주권의식을 가지고 참여하는 자세를 가질 수 있도록 바뀌어야 한다. 이러한 변화를 통해 우리는 사회의 문제점을 해결하고 바꾸어 나갈 수 있다.

앞서 말한 것과 같이 우리 사회는 대부분의 문제들이 정부에 의해 결정된다. 그나마 있는 시민 참여 정치의 형태는 직접적으로는 시민단체들의 활동과 언론을 통한 정책에 대한 견해 제시, 공청회 참여, 특정한 문제에 대한 토론, 청원서 제출, 사이버 상에서의 활동 등이 있고, 간접적으로는 투표라는 방법이 있다. 이러한 정치참여 형태들이 있어도 태반은 활동 자체가 미비하거나 활동을 하더라도 그 효과가크지 않은 것들이 대부분이다. 그리고 대부분의 정책 결정이 소 잃고 외양간 고치는 격의 행보가 계속되고 있기 때문에, 보다 근본적인 해결책이 필요하다. 이를 위해 필요한 것이 바로 정책 결정 과정 내에서의 시민 참여이다. 기본적으로 정책이만들어졌을 때 실질적으로 이것에 영향을 가장 크게 받는 것이 시민들이고, 이런시민들이 정책을 결정하는 과정 내에 참여할 수 있다면 정책이 시행되기 전 더욱실질적이고 다양한 검토와 의견의 반영이 가능하기 때문이다. 또한 실제적인 시민들의 참여를 통해 더욱 성숙한 시민들의 정치의식을 이끌어낼 수 있고, 눈에 보이는 활동들을 통해 시민들과 정부 사이의 신뢰 또한 쌓여갈 수 있을 것이다.

성숙한 시민의식은 그들 스스로가 활동에 참여할 때 나타날 수 있다. 정부가 보다 나은 방향으로 나아가고자 한다면 이러한 시민의식의 발전은 필수불가결한 요소일 것이다. 우리는 지금보다 더 나은 사회를, 더 나은 한국을 만들어나가야 하기에, 또 시민들 또한 그들의 목소리를 낼 수 있는 다양한 길을 만들고 발전시켜 나가야하기에. 우리는 이런 방향으로의 개혁을 모색하고, 새로운 길을 만들어나가야 한다. 우리 사회는 이런 시민과 함께하는 정책, 시민과 함께하는 정부를 통해 문제점을개선하고 사회를 개혁해 나갈 수 있다.

박교수의 감상문 분석 & 글쓰기 TIP

1. 1-3 문단은 배경을 설명하는 글인데, 다소 길게 작성되어 있다. 1-2 문단으로 줄이는 것이 더 나을 듯하다.

2. 4-5 문단이 본론 역할을 한다. 그런데 정부 정책에 대한 시민참여가 강조되고 있지만, 추상적인 논의에 머물고 있다. 구체적인 논의가 필요하다.

3. 자신의 주장과 반대되는 주장에 대한 독립된 논의는 보이지 않는다. 이 점은 보완되어야 할 사항이다.

4. 6 문단은 결론 부분인데, 본론에서 한 것을 재진술하는 형태를 취하고 있다. 주장은 동일하게 유지하되, 표현에서는 변화를 주는 것이 좋을 듯하다.

2. 우리 사회에서 시급하게 해결되어야 할 문제는?

활동 : '우리 사회에서 시급하게 해결되어야 할 논리학적 문제를 찾고 그
문제를 해결하기 위한 방안'에 대한 글쓰기 계획을 작성하고, 글
을 적어 보자.

구분	내용
범주	
주제	
문제의식	
자료	

공간이 부족할 경우 타 종이 활용

학생글 및 분석(6-2)

사형제도에 관한 논리학적 고찰

학생글

얼마 전 미아역 인근의 터널에서 일어난 총격 사건으로 인하여 경찰이 숨졌다. 범인은 경찰에 대한 피해망상을 가지고 사제 총기를 제작하여 범행을 저질렀다고 한다. 최근 모든 이슈를 블랙홀처럼 빨아들이고 있는 게이트 사건으로 인해 묻혔지만, 게이트 사건이 조명받기 이전 이 터널 총격 사건은 모든 국민의 공분을 자아내며 '왜 사형 안 시키냐'라는 하나의 화두를 이끌어냈다. 1997년 마지막 사형 집행 이후 대략 20년간 수많은 흉악범죄와 많은 사형선고는 있었지만, 단 한 것도 집행되지 않은 우리나라에서 국민들은 지금 '사형을 집행해야 한다', '사형을 집행하면 안 된다'로 나뉘어 각자의 논리로 자신들의 의견을 표현하고 있는 것이다.

실제로 2016년 한국법제연구원이 발표한 2015 국민 법의식 조사에서는 사형제를 찬성하는 의견이 65%, 반대하는 의견이 35%로 지금까지 우리나라에서 벌어진 수많은 흉악범죄들과 이 범죄를 저지른 범죄자들을 도대체 왜 단죄하고 있지 않냐는 여론이 우세한 추세이다. 사형제를 찬성하는 사람들은 크게 '생명권의 형평성', '위하력(일반예방, 범죄자들에게 공포심을 심어주어 강력범죄를 예방)이 강하다', '사적 복수를 차단할 수 있다', '국민의 법 감정에 부합한다'를 논거로 삼아 사형집행에 찬성하고 있으며, 반대하는 사람들은 '생명권은 본질적인 기본권', '비가역적인 처벌', '위하력이 없음', '사형을 대체할 수 있는 형벌이 존재'한다는 점을 근거로 삼아 사형제에 반대하고 있다.

'사형'은 수형자의 생명을 빼앗는 형벌로 기본권 중 하나인 생명권을 박탈하는 것이다. 우리나라 대법원에서는 '인간의 생명을 박탈하는 냉엄한 궁극의 형벌로서 사법제도가 상정할 수 있는 극히 예외적인 형벌'로 규정하고 있는데, 이 글에서는 현재 우리나라가 겪고 있는 가장 크고 시급한 윤리학적, 그리고 논리학적 문제의 하나로 '사형제도'의 존폐여부를 상정하고, 지금까지 배운 논리학적 방법과 학자들의 이론을 적용하여 사형제도가 가지는 논리적인 근거와 한계에 대하여 논하고자 한다.

우선 사형제도가 가지는 논리학적 근거에 관하여 본다. 논리학적으로 형벌이라는 것은 범죄행위에 대한 제제이고, 궁극적인 목적은 예방과 교화라는 것이 일반적인 입장이지만[1]), 이런 예방과 교화를 목적으로 한다고 하더라도 사형제가 없다고 한다면 이에 따른 합당한 대안이 없기에 사형을 인정해야 한다고 한다.

하지만 J. S. 밀은 이런 사형제도에 대해 공리주의의 입장을 들어 다음과 같은 논리적인 근거로 반박한다. 그가 주장하는 공리주의는 '최대 다수의 최대 행복'을 주장하는 공리주의가 맞지만, '행복과 불행의 질'을 따지는 공리주의로, 범죄자에게 사형이라는 형벌을 부과하게 될 경우 '사형'으로 인하여 그 범죄자가 받게 되는 '불행'이 '사형'을 시행함으로써 얻어지게 되는 '행복'보다 훨씬 크다는 주장을 하며 질적으로 불행이 행복보다 너무나 크므로(사형수가 사형된다면 생명을 박탈당하는 것으로 그보다 큰 불행은 없을 것) 사형은 논리적으로 정당화될 수 없다고 한다.

하지만 이런 J. S. 밀의 논리는 전제가 잘못되었다. 사형을 선고받은 범죄자는 현대에서 '누군가에게 사형에 상응하는 불행'을 이미 안겨 주었을 것[2]인데, 사형제도에 의하여 달성되는 범죄예방을 통한 무고한 일반국민의 생명 보호 등 중대한 공익의 보호와 정의의 실현 및 사회방위라는 공익은 사형제도로 발생하는 극악한 범죄를 저지른 자의 생명권이라는 사익보다 결코 작다고 볼 수 없을 뿐만 아니라, 다수의 인명을 잔혹하게 살해하는 등의 극악한 범죄에 대하여 한정적으로 부과되는 사형이 그 범죄의 잔혹함에 비하여 과도한 형벌이라고 볼 수 없으므로 =일반적인 사회유지의 차원에서 본다면, 범죄자의 불행보다 사회가 얻는 행복이 더욱 거대하고, 질적으로 높다고 볼 수 있을 것이다.

또한 사형제에 반대하는 사람들은 러셀이 주장한 '칠면조'의 비유를 통해 범죄수사와 이 결과로 이루어지는 귀납적인 방법인 사형제를 비판하며 '확증은 불가능하다'고 비판하며 사형의 집행을 반대하고 있다. 하지만 오판가능성은 사법제도의 숙명적 한계이지 사형이라는 형벌제도 자체의 문제로 볼 수 없으며 심급제도, 재심제도 등의 제도적 장치 및 그에 대한 개선을 통하여 해결할 문제이지, 오판가능성을 이유로 사형이라는 형벌의 부과 자체가 위헌이라고 할 수는 없다. 더구나 과학수사가 나날이 발전하고 있는 오늘날에 오판가능성은 점점 줄어들고 있는 반면, 범죄의 흉폭성을 억제할 방법은 별 차이가 없는 것이 현실이다. 또한, 오늘날에 사형선고를 연간 1건 미만으

---

1) 『형벌의 목적과 행형의 목적의 관계』 형사법연구 19권 3호(통권 32호)-상:별책 pp.811-832.
2) 대법원 2006도354 판결(사형의 선고는 범행에 대한 책임의 정도와 형벌의 목적에 비추어 누구라도 그것이 정당하다고 인정할 수 있는 특별한 사정이 있는 경우에만 허용되어야 한다.)

로 그 수가 극히 적다. 사형수가 평균적으로 3.4명을 죽이는 등 흉악범죄자이며, 자신의 죄를 인정했기 때문에 군사정권 같은 구시대와 달리 오판의 가능성은 극히 낮다.

그렇다면 앞서 말한 사형제를 반대하는 학자들의 의견은 논리적으로 근거 없다고 할 것이고, 지금부터는 사형제를 시행해야 하는 논리적인 근거에 대해 본격적으로 접근해 볼 것이다. 우선 우리가 가지고 있는 보편적인 정의관에 대한 접근이다.

아리스토텔레스는 정의를 절대적 정의와 상대적 정의로 분류하고 있는데, 절대적 정의는 크게 보편적 정의와 응보적 정의로 나뉜다. 보편적 정의는 누구에게나 인권이 존재한다와 같이 누구나에게 공평하게 법이 적용되어야 한다는 정의의 원리이고, 응보적 정의는 죄를 지었으면 그에 합당한 벌(응보)를 받아야 한다는 정의의 원리이다.

이런 아리스토텔레스의 정의관에 따르면, 우리나라의 법체계에서 사형의 선고를 받은 사람은 최소한 동등한 가치가 있는 생명 또는 그에 못지 아니한 공공의 이익을 보호하기 위한 불가피성이 충족되는 예외적인 경우에 적용되는 경우[3]에 해당한다고 할 것이므로, 보편적으로 법이 누구나에게 공정하게 적용되어야 하고, 또 죄를 지었으면 그에 합당한 벌을 받아야 한다는 정의의 원리에 따르면 논리적으로 사형수에게 사형을 시행하는 것은 너무나도 당연하다고 할 것이다.

물론 사형이 인간의 소중하고 근본적인 권리 중 하나인 생명권을 침해한다는 것 자체는 사실이다. 하지만 우리 형법체계상 사형을 선고받은 피고인은 반드시 다른 사람의 생명을 하나 이상 침해하거나 그 이상에 상응하는 범죄를 저질렀다고 볼 수밖에[4] 없고, 사형을 폐지하자는 주장은 범죄자는 다른 사람의 생명을 침해하였더라도, 본인의 생명은 무조건 보호받아야 한다는 모순적인 결론에 이를 수밖에 없다.

또한 사형제도는 우리가 추구하는 보편적인 정의의 가치를 지키는 데 기여한다는 점에서 그 논리적인 근거가 더해진다고 볼 수 있을 것이다. 우리 형법에서는 자력구제 금지의 원칙을 상정하며 개인이 사사로이 복수를 행하는 것을 금하고, 국가가 이를 객관적인 제3자로서의 입장에서 책임주의에 부합할 정도의 형벌을 부과하여 사적 보복의 악순환을 사전에 차단하는 데 크게 기여한다. 사람을 죽인 범죄자에게 피해를

---

3) 헌법재판소 1996.11.28. 95헌바1.
4) 헌법재판소 2010.2.25. 2008헌가23.

당한 가족이 그 범죄자를 죽이고, 또 그 범죄자의 지인은 피해가족을 죽이는 악순환이 반복된다면 과연 그것을 논리적인 사회, 윤리가 통하는 사회로 볼 수 있을까.

그렇기에 아리스토텔레스가 주장하는 보편적 정의관에 입각한 사형제를 시행해야 한다는 주장은 우리나라가 처한 현실 속에서 더욱 가치 있다고 할 것이고, 현실 속에서 벌어지고 있는 사형제도에 관한 논리학적인 문제를 해결할 수 있는 하나의 실마리로 작용할 수 있을 것이다.

법학 전문서적 중 형법에 대하여 다루고 있는 서적에서는 사형제도에 대하여 "법이론적으로 보면 사형제도는 정당화될 수 있는 길이 없다. 이것은 단정적으로 말하더라도 큰 잘못이 없다. 지금까지의 학문적 성과에 의하면 사형의 이론적 정당성을 구하는 데 성공한 학자는 한 사람도 없다."고 하였다. 하지만 지금까지 살펴본 바에 따르면, 우리가 가지고 있는 법원칙. 특히 헌법에서도 사형을 전제로[5] 하고 있다는 점을 살펴볼 수 있으며, 인류가 공유하고 있는 보편적인 윤리적 가치에 비추어 보았을 때도 사형제도는 그 존재의의가 논리적으로 입증된다고 보아야 할 것이다.

지금까지 대한민국에서는 굉장히 많은 흉악범죄가 있었다. 이혼의 충격으로 인하여 장인장모의 집에 불을 지르고 강간살해 등 엽기적인 살인행각을 벌여 평범한 소시민들의 일상에 경종을 울린 유영철 사건. 단순히 사람을 살해하는 것이 즐거워 다양한 방법으로 사람을 죽여 사회안전을 해친 강호순 사건 등 이루 헤아릴 수 없는 범죄가 지금도 벌어지고 있다. 통계적으로 따져보아도 2012년 기준 '살인'으로 범죄신고가 들어온 건수는 1,029건이고, 현재 사형의 선고를 받은 사형수는 한 사람당 평균적으로 3.4명의 인명을 해친 사람들이다.

이 글에서는 논리학적, 그리고 윤리학적 관점에서 사형이 과연 정당화될 수 있는가에 대해 다루었다. 그리고 우리가 가지고 있는 정의관에 따르면 사형이라는 제도는 정당화될 수 있으며, 우리 사회에 필요한 제도라는 결론을 얻을 수 있었다. 이제 이를 시행하고, 올바르게 이끌어 나가는 것은 사회의 몫이다. 사상적, 감정적 갈등을 멈추고 모두 이성적으로 문제를 직시하여 올바른 해결책을 찾아가는 그런 토론의 장을 통해 이런 문제가 논리적, 윤리적 검토를 통해 봉합될 수 있는 사회로 접어들기를 간절히 원한다.

---

5) 대한민국 헌법 제110조 ④ 비상계엄하의 군사재판은 군인·군무원의 범죄나 군사에 관한 간첩죄의 경우와 초병·초소·유독음식물공급·포로에 관한 죄중 법률이 정한 경우에 한하여 단심으로 할 수 있다. 다만, 사형을 선고한 경우에는 그러하지 아니하다.

박교수의 글 분석 & 글쓰기 TIP

"한국 사회에서 가장 심각하고 가장 시급하게 해결되어야 할 논리학적 문제로는 어떤 것이 있을까? 그리고 그 문제를 해결하기 위해 가장 적절하고 가장 효과적인 논리학적 장치로는 어떤 것이 있을까?"라는 문제에 대한 답안으로 제시된 윗글 "사형제도에 관한 논리학적 고찰"은 3 문단으로 이루어진 서론과 4개의 문단으로 이루어진 본론1, 6개의 문단으로 이루어진 본론2 그리고 3개의 문단으로 이루어진 결론으로 구성되어 있다. 특히 이 글은 본론 1에서 자신이 선택하지 않았던 철학자들에 대한 비판적인 검토 작업을 하고, 본론 2에서는 자신이 선택한 철학자의 이론의 장점과 유의미성을 상세히 분석하고 있다. 학생이 쓴 글 중에서 우수한 글 중의 하나로 판단된다.

1-3 문단에서 필자는 사형제도의 배경 및 논쟁점을 잘 부각시키고 있다. 통계를 적절히 사용함으로써 설득력 강한 글을 선보이고 있기도 하다.
4-7 문단까지는 본론1이다. 여기에서 필자는 사형제를 반대하는 학자들의 의견이 가진 논리적부당성을 조목조목 반박하고 있다. 특히 밀과 러셀의 사례를 들어가면서 자신의 입장을 잘 정리하고 있다.
8-13 문단까지는 본론2이다. 여기에서 필자는 보편적인 정의관에 근거해 사형제를 시행해야 하는 논리적인 근거에 대해 본격적으로 이야기하고 있다. 특히 아리스토텔레스의 입자에 입각하여 자신의 주장을 전개하고 있다.
14-16 문단까지는 결론이다. 여기에서 필자는 풍부한 사례와 통계에 기반하여 사형제도의 정당성, 즉 윤리학적 관점에서 사형제도의 정당성을 잘 정당화하고 있다.

7 주차

고전과 글쓰기(1) : 정의란 무엇인가,
고전과 글쓰기(2) : 사랑이란 무엇인가

1. 정의란 무엇인가? - 플라톤의 『국가』

플라톤 『국가』 분석

<국가> 제1권의 주제는 정의이다. 소크라테스는 "도대체 정의(올바름)란 무엇인가?"라는 주제를 놓고서 아테네의 거부인 케팔로스, 그의 아들 폴레마르코스 그리고 젊은 소피스트이자 정치가인 트라시마코스와 논쟁을 벌인다. 전자에서 후자로 옮아 갈수록 토론은 격렬해지고 논의는 더 뜨거워진다. 마치 정의에 대한 인간의 윤리적 의식의 3가지 변천 과정을 보여주기라도 하듯이, 그들의 논전은 그 강도를 더해간다.

사실, 집주인 케팔로스는 매우 보수적인 사람이다. 젊어서 무기 관련 사업으로 큰 돈을 벌었으며, 자신이 믿고 있는 종교적 신념에 따라서 모든 것을 생각하고 판단한다. 정의에 대한 이해에서도 마찬가지이다. 하지만 그의 큰 아들 폴레마르코스는 조금 더 업그레이드된 사람이다. 그는 현실적인 사람이라 사회적 관습에 따라 정의를 이야기한다. 그런데 마지막으로 등장하는 트라시마코스는 앞의 2 사람과는 논의의 차원을 달리한다. 그는 현재 아테네에서 활동하고 있는 정치인이자 대표적인 소피스트이다. 그에게는 다분히 아테네 제국주의의 권력의지가 숨겨져 있다.

(1) 케팔로스: 대화가 시작되면서 소크라테스는 케팔로스에게 안부부터 묻는다. 사실 케팔로스는 온건한 사람이다. 비록 그는 아테네에 거주하는 외국인 신분이지만, 아테네 전통을 수호하려고 노력하는 사람이다. 아울러 자기가 노력해서 번 돈에 대해서는 커다란 자부심을 가지고 있다. 그런 그에게 소크라테스는 노년에 재산을 많이 가짐으로써 덕을 보게 되는 것이 무엇인지를 묻는다. 이에 케팔로스는 사람이 사람답게 사는데 있어서는 돈이 큰 역할을 한다고 대답한다. 그 다음에 그는 정의의 본질이 무엇인가에 대해 "정직하고 남한테 갚을 것은 갚는 것이다"라고 대답한다. 하지만 소크라테스는 미친 사람이 와서 이전에 빌린 무기를 돌려달라고 할 때에도 단순히 빌린 것을 갚는 것을 정의라고 할 수 있느냐고 반문한다. 계속된 소크라테스의 추궁에 케팔로스가 곤혹스러워하는 모습을 보이자, 효성이 지극한 폴레마르코스가 그의 아버지를 도와주러 논의에 끼어든다.

(2) 폴레마르코스: 아버지를 대신한 폴레마르코스는 소크라테스의 기를 죽일 속셈으로 "각자에게 갚을 것을 갚는 것"이 정의라는 서정시인 시모니데스의 주장에 기대어, "친구들에게는 잘 되게 해 주되 적들한테는 잘못 되게 해 주는 것"이 정의

라고 답한다. 하지만 그의 이러한 주장은 소크라테스를 실망스럽게 만든다. 왜냐하면 소크라테스가 생각하기에, 이유가 무엇이든지간에 다른 사람을 해코지 하는 것은 결코 정의로운 사람으로서 해야 할 짓은 아니기 때문이다. 예를 들어, 이웃나라와 사이가 안 좋다고 해서, 여행 온 이웃 나라 사람들을 아무런 이유도 없이 마구 때리고 상처를 입힌다면, 그것은 올바른 사람으로서 할 짓은 아닐 것이다. 오히려 올바르지 못한 사람들이나 할 짓이다. 사실 소크라테스의 지적은 정확했다. 그리고 폴레마르코스도 꽤 심성이 착한 사람이라 금방 그의 말을 알아듣는다. 그리하여 두 사람은 일단 "누구에게 해를 입힌다는 것은 그 어떤 경우에도 정의로운 것이 아니다"라는데 의견의 일치를 보게 된다.

(3) 트라시마코스: 트라시마코스는 자존심이 강하고 불같은 성질을 지닌 사람이다. 그래서 그는 폴레마르코스와 소크라테스가 짝짜꿍이 되어 정의가 이러니저러니 하는 것에 가만히 있을 수만은 없었다. 얼굴을 붉히며 곧바로 논의에 뛰어들었다. 평소에도 소크라테스에게 불만이 많았던 트라시마코스는 소크라테스를 선제공격한다. "아 소크라테스 선생님, 선생께서는 자기주장은 하나도 하지 않은 채, 다른 사람들 말꼬리나 잡고, 아 이게 뭡니까? 선생님의 주장을 좀 펼쳐보시죠?" 처음에는 트라시마코스가 이기는 듯했다. 하지만 자기 성질에 못 이긴 트라시마코스가 "아 더 강한 사람이 더 많이 갖는 것, 그것이 바로 정의 아니고 무엇이겠습니까?"라고 말을 하게 되면서부터, 논의의 주도권은 다시 소크라테스에게로 간다. 다음은 기세 등등할 때의 트라시마코스의 말이다.

"한데, 적어도 법률을 제정함에 있어서 각 정권은 자기의 편익을 목적으로 하여서 합니다. 민주정체는 민주적인 법률을, 참주정체는 참주체제의 법률을, 그리고 그 밖의 다른 정치 체제들도 다 이런 식으로 법률을 제정합니다. 일단 법 제정을 마친 다음에는 이를, 즉 자기들에게 편익이 되는 것을 다스림을 받는 자들에게 올바른 것으로서 공표하고서는, 이를 위반하는 자를 범법자 및 올바르지 못한 짓을 저지른 자로서 처벌하죠. 그러니까 보십시오. 이게 바로 제가 주장하고 있는 것입니다. 모든 나라에 있어서 동일한 것이, 즉 수립된 정권의 편익이 올바른 것이지요. 확실히 이 정권이 힘을 행사하기에, 바르게 추론하는 사람에게 있어서는 어디에서나 올바른 것은 동일한 것으로, 즉 더 강한 자의 편익으로 귀결합니다."(338e-339a, 박종현 역)

이에 소크라테스는 정의란 것이 사람들에게는 이익이 되어야 하는 것은 분명하나, 그것이 반드시 가진 자, 힘 있는 자의 이익으로 귀결되지는 않는다는 것을 날카롭게 지적한다. 그리고 그 논거로 '의사'와 '선장'의 사례를 든다. 사실, 의사나 선장이라는 직업은 예나 지금이나 많은 돈을 벌게 해주는 직업이다. 하지만 진정한 의사나 선장은 반드시 자신의 기술을 생계수단으로만 이용하지는 않는다. 오히려 훌륭한 의사나 선장은 자기 기술을 진정으로 필요로 하는 사람들, 곧 아픈 사람들이나 위험에 빠진 사람들을 구해주기 위해서 사용한다. 이와 마찬가지로, 참된 정치가들 역시 자신의 권력을 가진 사람들이나 힘 있는 사람들을 위해서 쓰는 것이 아니라, 못 가진 사람들이나 힘없는 사람들을 위해서 쓴다.

논의가 이 지점에 이르자, 트라시마코스는 당황한다. 자신의 주장이 논파되고 있기 때문이다. 이에 트라시마코스는 소크라테스에게 다시 한 번 도전한다. 올바르게 산 사람들은 으레 올바르지 않게 산 사람들보다는 못 살게 마련인데, 뭐 그렇게 올바르게 살 필요가 있느냐는 것이 그의 항변이다. 트라시마코스의 저항에, 소크라테스는 트라시마코스의 마음을 바꾸어 볼 요량으로 계속해서 그와 이야기를 나눈다. 우선적으로 그는 살다 보면 올바르지 못한 것들이 올바른 것들보다 힘이나 권력에 있어서는 더 강할지는 모르지만, 그것이 사악하고 수치스러운 것인 한, 그것들이 올바른 것들보다 결코 더 낫다고는 할 수 없을 것이라고 주장한다. 올바른 사람은 훌륭하고 지혜로우나 올바르지 못한 사람은 무지하고 사악하기 때문이다. 소크라테스의 끈질긴 비판에 전의(戰意)를 상실한 트라시마코스는 소크라테스의 논의에 동의의 뜻을 표한다.

하지만 그렇다고 하여 문제가 완전히 끝난 것은 아니다. 왜냐하면 트라시마코스는 마음속으로는 다른 생각을 하고 있으며, 플라톤의 형 글라우콘은 제2권에서 그의 논지를 부활시키기 때문이다. 트라시마코스와의 논의가 마무리되자, 소크라테스는 "사람은 어떻게 살아야만 하는가?"에 관한 물음을 제기한다. 이 문제는 『국가』 전체를 관통하는 핵심 문제이자 플라톤이 『고르기아스』에서도 천착하는 그런 문제이기도 하다.

활동 : 자신이 생각하는 정의에 대한 글쓰기 계획을 세우고, '정의는 이것
이다'라고 주장하는 글을 작성해 보자.

구분	내용
범주	
주제	
문제의식	
자료	

공간이 부족할 경우 타 종이 활용

활동 : 정의에 관한 학생글을 읽고 주제와 문제의식을 분석해 보자.

하버드대학교 교수인 마이클 샌델의 <정의는 무엇인가>라는 강의, 아마 책으로 더 유명한 이 강의는 정의에 대한 여러 논점과 이론들을 다루면서도 정의의 본질에 대해서는 무엇이라고 결론을 내리지 않습니다. 과연 정의란 무엇일까요. 정의는 어디에서 오는 것일까요. 고대 로마의 정치가 키케로는 "정의는 무엇과도 대체될 수 없다. 그래서 비싸게 친다."라고 말했습니다. 저는 이 글을 통해 과연 무엇으로도 대체할 수 없는, 헤아릴 수 없는 가치를 가진 정의라는 개념의 본질에 조금이나마 접근해 보고자 합니다.

정의라는 개념의 사전적인 의미는 진리에 맞는 올바른 도리입니다. 그리고 이의 본질은 각각의 시대와 사회마다 논의될 수 있겠지만 현대에서는 크게 트라시마코스가 주장한 '강자의 이익'이라는 본질과, 소크라테스가 주장한 '약자의 이익을 관철시키는 것'이라는 본질이 각 사회 구성원의 입장에 따라 대립하고 있습니다. 사회 속에서 살아가는 A가 보기에 강자의 정당한 이익을 지켜주는 것이 정의가 될 수도 있을 것이고, 동일한 사회를 살아가는 B가 보기에는 약자의 이익을 관철시켜 주는 것이 정의가 될 수도 있겠지요. 그렇기에 우리는 과연 정의의 본질을 어떻게 생각해야 하는지에 대해 논의해 보아야 할 필요가 있습니다.

모든 국가에는 강한 힘을 가진 통치집단과 그 집단의 지배를 받는 약한 힘을 가진 피치집단이 존재합니다. 모든 국민이 평등한 국가라고 하더라도 이 원리는 변하지 않습니다. 국가의 형태는 민주적일 수도 있지만, 그 형태에는 상관없이 통치집단과 피치집단이 가진 힘의 역학관계는 강한 자와 약한 자의 관계로 나뉩니다. 공동생활을 표방하는 사회주의 정치제도 역시 공산당이라는 통치기구가 존재합니다. 그리고 이런 통치자와 피지자의 관계는 현대 사회에서 '정의'라는 개념을 가진 '법'이라는 개념으로 구체화됩니다. 그리고 이런 '정의로운 법'은 결국 '통치 집단'에 의하여 만들어집니다.

플라톤의 <국가>에서 트라미사코스는 '힘이 정의이다.' '정의는 강자의 이익이다.' 라고 말하였습니다. 강자가 휘두르는 힘은 정의이고, 그런 행동이 결국 보편적인 설득력을 확보할 수 있다고 믿는 내용. 만일 설득되지 않는다고 하더라도 힘을 동원하여 자신의 견해를 강제하는 것. 그것이 그의 주장입니다. 이를 앞서 언급한 '정의로운 법'이라는 개념으로 적용해 보면, '법'이라는 것은 결국 '통치 집단'이 만드는 것이고, 힘을 가진 사람들이 만든 '법'이라는 장치에 '정의'라는 개념을 덧씌워 피치자들에게 이를 '정의로운 것'이라고 강제하게 만드는 것이라고 볼 수도 있을 것입니다.

이를 틀린 주장이라고 말할 수 없는 것은. 실제로 동서고금을 막론하여 법은 권력자들이 통치를 원활하게 하기 위하여 혹은 상류층이 기득권을 지키기 위하여 도구로 악용된 사례가 셀 수 없이 많기 때문입니다. 하지만 이런 사례를 토대로 본다면, 결국 트라시마코스가 말하고자 하는 '강자의 이익'이라는 정의에 대한 주장은 '정의'를 '힘'이라는 개념으로 치환하여 '힘이 있는 사람이 하는 행동은 정의롭다.'라는 논리로까지 비약될 수밖에 없습니다. 이는 결코 '진리에 맞는 올바른 도리'라고 볼 수 없습니다. 트라시마코스의 주장은 정의의 본질이 아닙니다.

앞 문단의 내용을 통해 우리는 '강자의 이익'이라는 정의의 본질에 관한 주장이 사실처럼 받아들여질 수도 있지만 결국 정의의 본질은 아니라는 것을 알았습니다. 그렇기에 우리는 다른 주장에 대해서도 검토해 보아야 합니다. 바로 소크라테스가 주장한 '약자의 이익을 관철시키는 것'이 정의의 본질이라는 내용입니다.

'강자의 이익'이라는 사례에서, 여러분은 법이 권력자들의 견해를 강제하는 것이라는 생각을 당연히 잘못된 것이라고 인식하고 있을 것입니다. 현대 사회에서 '법'은 현존하는 세계 최초의 법전인 '우르남무 법전'의 '공정하고 불변하는 책임 기준을 마련하기 위해, 고아가 부자의 먹이가 되지 않고, 미망인이 강한 자의 먹이가 되지 않고, 1세켈을 가진 이가 1미나(60세켈)를 가진 이의 먹이가 되지 않도록'이라는 원칙과 가장 유명한 법전인 '함무라비 법전'의 '이 땅에 정의를 실현하기 위해, 그리하여 강자가 약자를 함부로 해하지 못하게 하기 위해.'라는 원칙을 충실히 지켜 만들어지고 있기 때문입니다.

법(ius)이라는 단어의 어원은 정의(iustitia)입니다. 그것을 나타내기 위해 만들어낸 단어가 '법'이라는 단어이고, 결국 이런 법은 정의를 충실하게 실현하기 위하여, '강자가 100을 뺏어갈 것을 10만 뺏어가도록 약자를 보호하기 위하여' 만들어진 것이 법입니다. 결국 강자의 이익이 아니라 약자의 이익을 관철시키는 것. 그것이 법이고, 정의라는 추상적 개념의 본질이라고 할 수 있을 것입니다.

철학자 파스칼은 '우리는 정당한 것을 강하게 만들 수가 없어서, 강한 것을 정당한 것으로 만들었다'라고 말했습니다. 수십 년 전까지만 해도, 정당한 것은 곧 강한 것이었습니다. 하지만 지금은 아닙니다. 약자의 권리가 정당하게 보장되는 것이 정당한 것이라는 개념이 사회 속에 자리잡아가고 있습니다. 수천 년 전의 법전에서 인식된 '약자의 이익을 관철시키는 것'이라는 정의의 원칙이 지금에 와서야 사회적으로 인정되고 있는 것입니다. 우리는 수많은 세월이 걸려 찾은 '약자의 이익'을 보장하는 정의의 본질을 지켜나가야 합니다.

구분	내용
범주	
주제	
문제의식	
자료	

2. 사랑이란 무엇인가? - 플라톤의 『향연』

플라톤 『향연』, "사랑이란 무엇인가?"

플라톤의 <향연>은 에로스(사랑)라는 주제를 놓고서 파이드로스, 파우사니아스, 에릭시마코스, 아리스토파네스, 아가톤 그리고 소크라테스의 연설을 기록한 책이다. 구체적으로 이 책에서는 소크라테스를 제외한 5인의 사랑에 관한 비철학적인 연설 5개와 소크라테스와 디오티마의 철학적 대화 1개가 있다. 첫 번째 발표자 파이드로스는 "사랑은 덕(德·virtue)에 도달하는 데 가장 큰 도움을 준다"고 했다. 파우사니아스는 "사랑에는 두 종류가 있다. 좋은 사랑과 나쁜 사랑, 영적인 사랑과 육체적인 사랑이 있다"는 의견을 내놓다. 파이드로스는 에로스가 신들 중에서도 가장 오래됐다고 했다. 반면 아가톤은 에로스가 가장 젊은 신이라고 주장했다. 에릭시마코스는 사랑에 병자를 치유하는 힘이 있다고 역설했다. 아가톤에 따르면 사랑은 고대 그리스의 4대 덕목(cardinal virtues)인 정의·절제·용기·지혜의 원천이기도 하다.

(1) 파이드로스: 파이드로스는 "에로스는 성욕이다"라고 규정한다. 그에 의하면, 에로스는 가장 오래된 신이자 우주생성의 원리 겸 동력이다. 감각적인 사랑, 즉 성욕을 상징하며, 다량의 부정적인 결과를 산출하기도 한다. 남편 아드메토스를 대신하여 죽은 아내 알케스티스의 죽음은 에로스의 힘이 죽음의 힘마저도 극복함을 보인다.

(2) 파우사니아스: 파우사니아스는 에로스를 신체적 사랑인 판데모스(통속적) 에로스와 정신적 사랑인 우라니아(천상의) 에로스로 나누고, 전자보다 후자를 더 고귀한 사랑으로 규정한다. 특히 소년사랑을 천상의 에로스의 대표적인 사례라고 규정한다. 다분히, 아테네 관습에 기반 한 그의 에로스관은 "천상의 에로스의 소년사랑이다"라는 것이다.

(3) 에릭시마코스: 에릭시마코스는 의사로, 아스클레피오스와 히포크라테스의 정신을 계승한 사람이다. 그는 에로스를 "우주 지배의 힘이자 원리이다"라고 규정하는데, 이는 에로스에 대한 자연과학적 의식을 반영한다. 아울러 그의 생각은 모든 존재자들의 형성원리인 우주적 에로스를 반영하는 것으로, 대립적 속성을 결합시키는 조화의 원리 또는 힘을 언급한다. 하지만 그의 에로스관에는 윤리적 차원은 부재한다는 한계가 있다.

(4) 아리스토파네스: 아리스토파네스는 소크라테스에 대해 적대적인 입장을 가진 당대의 보수적 성향의 희극작가이다. 그에 의하면, 에로스는 "완전성에 대한 성적인 욕망 추구"를 상징한다. 특히, 그는 신적인 고차원적인 존재로 상승하고자 하였던 옛날 인간들의 모습(남성-남성, 여성-여성, 남녀 양성, 1머리, 2얼굴, 4개의 팔과 다리)과 그들의 교만 그리고 제우스의 심판 등의 이야기를 들려줌으로써, 왜 에로스가 과거의 완전체에 대한 성적인 추구인지를 잘 설명해주고 있다.

(5) 아가톤: 아가톤은 고르기아스와 친분이 있던 시인이다. 그는 아름다운 신체를 소유한 사람이었으며, 화려한 문체를 구사하던 시인이었다. 자기과시가 강하기도 하였다. 아가톤은 기존의 연설자들의 에로스가 우리에게 무엇을 주었는지에 대해서만 이야기한다고 한다. 그러면서 아가톤은 "에로스 그 자체"에 대해서 이야기해야 한다고 논변한다. 그는 에로스를 "오래된 신들 중, 가장 아름답고, 뛰어나고, 행복한 신" 또는 "모든 좋은 것과 탁월한 것들의 원인"으로 규정한다.

(6) 소크라테스와 디오티마의 대화: 이전의 비철학적인 5개의 연설과 달리, 이들의 대화는 철학적 대화를 보여준다. 여기에서 소크라테스는 "에로스는 신도 인간도 아닌 중간적 존재인 다이몬이다"라고 규정한다. 즉 에로스는 대상이 아닌 주체인 것이다. 중간적 존재인 다이몬으로서의 에로스의 본성은 에로스가 풍요의 신인 포로스와 빈곤의 신인 페니아의 아들이라는 신화에서 잘 드러난다. 즉 에로스는 지자와 무지자의 중간, 신간 인간의 중간, 불사와 가사의 중간인 중간적 다이몬인 것이다. 이러한 에로스가 목적으로 하는 것은 아름다운 것을 생성하는 것인데, 구체적으로 에로스는 미의 형상을 생성, 출산하는 것을 목적으로 하고 있는 것이다.

활동 : 자기가 생각하는 사랑에 대한 글쓰기 계획을 세우고, '사랑은 이 것이다'라고 주장하는 글을 작성해 보자.

구분	내용
범주	
주제	
문제의식	
자료	

공간이 부족할 경우 타 종이 활용

활동 : 사랑에 관한 다음 글(윤문원 2007 참조)을 읽고 주제와 문제의식을 분석해 보자.

노년에 어네스트 헤밍웨이는 손녀뻘 되는 아주 어린 이탈리아 소녀에게 빠져 사랑의 열병을 앓았다. 이를 눈치 챈 부인이 따져 묻자, "그녀를 사랑하는 게 죄인가? 아내가 있다고 해서 다른 여자를 사랑하지 말라는 법이 있는가"라고 항변 했다고 한다. 그는 정말로 감정적이고 자연스러운 사랑, 즉 본능적인 사랑의 감정에 충실하였던 사람이었던 것이다. 그런데 오늘날에 있어서도 사랑에 대한 그의 생각은 보편적으로 수용될 수 있을까?

인간은 누구나 사랑을 하고 사랑을 받으면서 살아간다. 아마도 지구상에 존재하는 생명체들 중에서 이러한 사랑을 하지 않고 살아가는 존재는 없을 것이다. 그런데 이러한 사랑의 대상에는 여러 가지가 있을 수 있다. 초월적인 신에 대한 사랑이 있을 수 있고, 자신을 낳아준 부모님에 대한 사랑이 있을 수 있으며, 아름다운 여성이나 잘 생긴 남성에 대한 이성적인 사랑도 있을 수 있다. 하지만 그 중에서도 우리를 본능적인 감정과 이성적인 의무 사이의 갈등으로 몰고 가는 것은 아마도 이성(異性)에 대한 사랑일 것이다.

물론, 사랑은 인간 감정의 솔직한 표현이다. 이런 점에서 사랑은 이성적인 의무보다 본능적인 감정의 측면이 훨씬 더 강하다. 특히, 남녀 간의 사랑은 강렬하다. 경우에 따라서는 신비스럽기까지 하다. '사랑은 국경도 초월 한다'는 말도 있지 않은가? 또한 남녀 간의 사랑에는 동물적인 본능이나 호기심이 개입되거나 전제되어 있다. 남녀 간의 사랑은 서로의 감정 표현을 통해서 확인 가능하다. 결국 감정이 빠진 사랑은 남녀 간의 이성적 사랑으로는 자리 매김 할 수 없는 것이다.

하지만 이런 논리라면 사랑은 충동적이고 동물적인 것이다. 주체하지 못할 감정에 의해 좌우되는 것이므로 사회적 책임마저 모면받게 된다. 하지만 사랑은 감정만이 전부가 아니며 사랑에 수반된 의무를 고려해야 한다. 상대방에 대한 적극적 관심과 개성을 존중하는 태도, 사랑을 지키겠다는 책임감 등이 따라야 하는 것이다. 사랑은 순수한 감정과 아울러 상대방을 배려하고 사회적 책임을 수반하겠다는 의무가 자연스럽게 따라와야 하는 것이다. 사랑의 초기과정에는 감정이 우위를 차지할 수 있다. 하지만 인간은 인격적 성숙을 위해 부단히 자신을 채찍질해서 감정의 동물로 전락하는 것을 막아 낼 때 비로소 그 존재 의미를 가지게 된다. 사랑은 감정을 전제로 하지만 이것이 참사랑으로 완성되려면 의무가 수반되어야 한다.

상대를 책임질 수 없는 행위를 함은 인간으로서 자율성과 자기 지속성에 반하는 행동이다. 의무는 상대에 대한 배려이며 사랑을 더욱 가속화시키고 지속시키는 주요인이다. 감정이 식어 버렸다고 사랑이 끝난다면, 또 사랑을 함에 있어서 의무를 수반하지 않는다면 이것은 상대방에 대해서 책임지지 않고 배려하지 않는 행위이다. 또한 자기 결단과 행위를 스스로 부정하게 되어 결국 자기 인격의 정체성을 부인하는 것이 된다. 남녀 관계에서 감정만을 모두라고 생각하는 것은 인격이 미성숙한 까닭이다. 감정과 의무를 별개로 생각하는 사람들로 인해 사랑의 참된 의미가 퇴색되었다. 사랑에서 감정과 의무를 떼어 내어 생각할 수 없음을 바로 인식해야 우리는 올바른 사랑을 심화시키고 지속시켜 나갈 수 있다.

구분	내용
범주	
주제	
문제의식	
자료	

박교수의 글 분석 & 글쓰기 TIP

1. 이 글은 5단배열법에 따라 충실하게 작성된 글이다. 1 문단은 도입부이고, 2 문단은 진술부이다. 진술부에서는 논쟁점이 잘 부각되어 있다.

2. 3 문단은 반론부이다. 사랑은 의무가 아닌 감정이라는 논적의 주장에 대한 비판적인 검토가 있다.

3. 4 문단은 논증부이다. 사랑은 감정이 아닌 의무라는 자신의 주장에 대한 논의가 있다.

4. 5 문단은 결론이다. 올바른 사랑에 대한 필자의 견해가 잘 드러나 있다.

고전과 글쓰기(3) : 어떻게 살 것인가, 고전과 글쓰기(4) : 사물의 본질을 어떻게 탐구할 것인가

1. 어떤 것이 선한가? - 플라톤의 『고르기아스』

플라톤 『고르기아스』, "어떻게 살 것인가?"

플라톤의 <고르기아스>는 윤리적인 논쟁점, 즉 "무엇이 선한 삶을 구성하는가, 그리고 불의를 저지르는 것은 항상 우리에게 이익이 되는가?"와 같은 윤리적인 논쟁점을 놓고서, 소크라테스가 3명의 논적, 즉 고르기아스, 폴로스 그리고 칼리클레스와 벌이는 열띤 논쟁을 기록한 책이다. 이 책에서 소크라테스는 윤리적 삶에 대한 그들의 주장과 함께, 그들의 삶 전반에 대한 총체적인 비판을 수행한다.

(1) 고르기아스: 고르기아스는 수사학이 전지전능한 힘을 가진 최고의 설득 도구이며, 수사학자는 정의를 모르고도 정의를 가르칠 수 있는 능력을 가진 사람이라고 정의한다. 하지만 소크라테스는 고르기아스의 이러한 주장에 대해서 강한 비판을 제기한다. 사실, 아테네 사회는 수사학적 능력과 윤리적 책임을 연계시키지 않은 채, 권력추구의 도구로서 수사학만을 강조하는 고르기아스와 같은 소피스트들에 대해서는 매우 부정적이었다. 고르기아스 또한 예외가 될 수 없었다. 즉 소크라테스는 선과 악에 대한 윤리적 앎은 고르기아스의 수사학적 앎과 같은 가치중립적인 앎이 아니라, 가치 함축적인 초월적 앎임을 분명히 하고 있는 것이다. 그러기에, 소크라테스에게 있어 진정한 수사학은 선한 것처럼 보이는 것에 대한 가상적인 앎이 아니라, 참으로 선한 것에 대한 현실적인 앎인 것이다. 그러기에 소크라테스에게 진정한 수사학은 그 자체로 이미 선과 악의 대상들이 어떤 상태에 있는 것인지를 알고 있어야만 하고, 만약 수사학자인 고르기아스가 아테네 청년들의 정치적 교사임을 주장하려고 한다면, 그는 선한 것에 대한 윤리적 앎을 선결적으로 소유하고 있어야만 하는 것이다.

(2) 폴로스: 폴로스는 고르기아스의 제자이다. 그는 고르기아스의 생각을 계승해 탈(脫)도덕적-탈(脫)법적 수사학의 힘을 자랑하고 그것을 정당화하고자 한다. 하지만 소크라테스는 수사학이 진정한 기술이 아니라, 일종의 숙달(熟達)이며, 구체적으로는 기쁨이나 쾌락을 만들어내는 숙달이라고 규정한다. 그리고 이 규정이 요리 활동에도 적용된다는 점에서 수사학과 요리술을 모두 아첨술의 일부로 간주하며, 좀 더 정확하게는 수사학을 정치학의 일부를 닮은 모상으로 규정한다. 그런데 소크라테스가 수사학을 아첨으로 규정하는 것에 화가 난 폴로스는 수사학자야말로 나라에서 존중받으며 가장 큰 힘을 가진 자가 아니냐고 반문한다. 왜냐하면 수사학자의 힘은 참

주의 그것처럼 원하는 자는 누구든 죽일 수도 있고 어떤 돈이든 빼앗을 수도 있으며 미워하는 사람을 나라 밖으로 내쫓을 수도 있기 때문이다. 그러나 소크라테스는 사람은 자기가 좋다고 생각하는 것을 해도 반드시 자신이 원하는 것을 하게 되는 것은 아니란 점을 지적한다. 그러기에, 소크라테스는 수사학자는 오히려 제일 힘이 결핍된 자, 즉 결코 큰 힘을 가지지 못한 자라고 주장한다.

소크라테스와의 문답식 논변 결과, 자신의 주장이 무너졌음에도 폴로스는 반발한다. 오히려 그는 마케도니아의 왕 아르켈라오스와 같이 불의를 행하는 자가 가장 행복할 수 있다고 반문한다. 이러한 폴로스의 주장에 대해 소크라테스는 불의를 행하는 자가 불의를 당하는 자보다 불쌍한 자라는 것과, 나아가서 불의를 저지르고도 처벌을 받지 않는다면 처벌을 받는 자보다 더 불쌍한 자라는 것을 주장한다. 나아가 수사학은 불의를 변호하는데 사용할 것이 아니라 정반대로 자신이나 자신의 식구 친척 친구들의 불의를 고발하고 공개적으로 드러나게 해서 대가를 치르도록 강제하는 데 사용해야 하며, 적에게 사용할 경우에는 반대로 대가를 치르지 못하도록 하는 데 사용해야 한다는 결론을 내린다.

(3) 칼리클레스: 칼리클레스는 폴로스가 약자인간들이 만든 규약과 관습을 너무 많이 수용하였기 때문에 실패하였다고 진단한다. 왜냐하면, 대중여론에 민감한 현실 정치가인 폴로스로서는 대중의 지배적인 견해로부터 멀어진다는 것은 그 자신이 허용할 수 없었는데, 이것이 바로 그의 한계였던 것이다. 즉 그는 출세에 대한 찬양과 부정의에 대한 비난을 조화시키지 못하였는데, 소크라테스는 이것을 간파하고 그를 논파하였던 것이다.

이에 반해, 칼리클레스는 자연적 정의와 관습적 정의를 명확히 구분함으로써, 폴로스를 대신하여 소크라테스에게 강하게 도전한다. 즉 그에게 자연적 정의는 강자인간의 독립성을 상징하고, 관습적 정의는 약자 인간의 대중적 의존성만을 반영할 뿐이다. 이처럼 정치적 엘리트주의자로서 칼리클레스는 그 어떠한 도덕규범(道德規範)에도 얽매이지 않는 강자의 쾌락, 즉 자연세계의 강자의 극단적 쾌락주의를 일관되게 주장한다. 하지만, 소크라테스는 그의 이러한 극단적 쾌락주의에 의문을 제기한다. 그리하여 그는 칼리클레스에게 남창과 같은 성도착증 환자의 쾌락도 수용할 것인지를 묻는다. 하지만 아테네 공동체에서 남창의 성도착증 환자의 쾌락은 금기시되는 악덕 중의 하나이다. 논의의 결과, 칼리클레스는 자신의 한계를 인정하고, 무너지고 만다. 소크라테스의 가장 강력한 논적으로 등장하였던 칼리클레스마저도 자신의 논의에 일관성을 유지하지 못해 패배 하고 말았던 것이다.

활동 : 선과 악에 대한 자신만의 생각을 주장하는 글쓰기 계획을 세우고, 삶에 관한 자신의 생각을 설명하는 글을 작성해 보자.

구분	내용
범주	
주제	
문제의식	
자료	

공간이 부족할 경우 타 종이 활용

2. 사물의 본질을 어떻게 탐구할 것인가 - 베이컨의 『신기관』

F.베이컨 『신기관』 분석

베이컨은 <신기관>에서 새로운 귀납법을 통해서 얻는 지식만이 인류의 복지를 증진시킬 수 있는 가능성을 검토한다. 그래서 그의 책에는 '자연의 해석과 인간의 자연 지배에 관한 잠언'이라는 부제가 붙어 있다. 이 책은 두 권으로 되어 있는데, 제1권에서는 "아는 것이 힘이다"라는 널리 알려진 경구에서 시작하여, 인간의 정신을 사로잡고 있는 편견들을 하나하나 논박하고, 자신이 제창한 귀납법의 개요를 보여주고 있다. 제2권에서는 가설의 수립과 검증과정을 '열'을 예로 들어 중간 수준의 공리를 수립하는 귀납적 추리의 방법을 보여준다. 특히, 제2권에서는 우상에서 해방된 인간의 지성이 과학적 발견을 위해 걸어야 할 길, 즉 '참된 귀납법'의 구체적인 예를 보여주고 있다. 제1권은 130개 단장으로 완성되어 있지만 제2권은 미완성이다.

<신기관>은 '파괴편'과 '건설편' 두 권으로 구성되어 있는데, 제1권에서는 인간 정신을 사로잡고 있는 우상들에 대한 파괴를 이야기하고 있다. 구체적으로, 그는 '종족의 우상', '동굴의 우상', '시장의 우상' 그리고 '극장의 우상'에 대한 파괴를 주장한다. '종족의 우상'은 인간이라는 종족 그 자체에 뿌리박고 있는 잘못된 생각을 말한다. 인간의 지성도 그러한 경향성을 가지고 있다. '동굴의 우상'은 각 개인이 지니고 있는 주관적 편견을 말한다. 개인의 선입관이나 편견 같은 것들을 말한다. '시장의 우상'은 인간 상호 간의 교류와 접촉에서 생기는 경향성을 말한다. 특히 인간은 언어로써 의사소통을 하는데, 의사소통의 도구로써 언어는 인간 지성에 심각한 방해를 주고, 인간들 간의 논쟁을 유발시키기도 한다. 마지막으로, '극장의 우상'은 철학의 다양한 학설과 그릇된 증명 방법 때문에 사람의 마음 속에 생기게 된 편견을 말한다. 학문의 발전을 위해서는 먼저 이러한 극장의 우상에서 벗어나야 한다.

그런데 모든 우상 중에서 가장 성가신 것은 시장의 우상이다. 사람들은 자신의 이성이 언어를 지배한다고 믿고 있지만, 실상 언어가 지성에 반작용하여 지성을 움직이는 경우도 많다. 이런 경우에 철학이나 여러 학문들은 궤변으로 전락하고 만다. 특히 '무겁다' '가볍다' '희박하다' '빽빽하다'처럼 성질을 가리키는 말들에서 잦은 실수들이 유발된다. 인간의 지성은 무엇이든 추상화하는 본성이 있어서, 끊임없이 변

화하는 성질의 것을 고정불변한 것으로 여기기 십상이다. 인간 정신은 어떤 것이든 곧바로 일반적 명제로 비약하여 그곳에서 안주하려고 하는 경향이 있다.

인간의 지식이 곧 인간의 힘이다. 참된 지식의 성립을 위해 우선 필요한 것은 모든 것의 원인을 밝히는 일이다. 삼단논법은 명제로 구성되고, 명제는 단어로 구성되고, 단어는 개념의 기호로 구성된다. 그러므로 개념들이 모호하거나 함부로 추상화된 경우, 그런 개념들을 기초로 하여 세운 구조물은 결코 견고할 수 없다. 따라서 참된 귀납법만이 우리들의 유일한 희망이다. 감각과 개별자에서 출발하여 지속적으로, 그리고 점진적으로 상승한 다음, 궁극적으로 가장 일반적인 명제에까지 도달하는 방법이다.

철학이 저지르는 무절제에는 두 종류가 있다. 하나는 독단이요, 다른 하나는 아무 목표 없는 연구 태도다. 전자는 지성을 억압하고 후자는 지성을 약하게 만든다. 인간의 감각이나 지성은 연약하기 때문에 언제나 도움이 필요하고 철학이 그 역할을 해야 한다. 그런데 시간은 강물과 같아서 가볍고 동동 뜨는 것들만 실어 나르고, 무겁고 견고한 것은 가라앉고 만다. 모든 징후 중에서 그 결과보다 더 확실하고 가치 있는 것은 없다. 결과와 성과야말로 철학의 진리성을 보장하는 보증인이다. 고대에 대한 무조건적 숭상과 철학계 거장들의 권위에 대한 맹목적인 추종과 일반적 동의가 학문의 진보를 더디게 한다. 고대인은 우리와 비교하면 연장자들이지만 세계를 기준으로 보면 우리보다 더 어린 사람들이다. 지금 우리가 살고 있는 세계는 고대보다 더 많은 나이와 더 많은 경험을 갖고 있다. 진리는 시간의 딸이지 권위의 딸은 아니다.

지적인 문제에서는 만장일치로 내리는 결론보다 더 나쁜 것은 없다. 대중의 찬성은 상상력을 자극하거나 통속적인 개념의 끈으로 지성을 꽁꽁 묶어놓지 않고는 얻을 수 없는 것이기 때문이다. 대중적 동의를 얻어 지금까지 군림하고 있는 아리스토텔레스 철학 또한 논박되어야 할 대상이다. 그러나 학문의 진보를 방해한 것이 많았다고 해서 희망을 잃을 필요는 없다. 그것이 많을수록 앞날의 희망의 근거도 그만큼 많은 것이기 때문이다. 사물의 발견은 자연의 빛에서 구할 것이지 옛 시대의 암흑에서 찾으려 할 것이 아니다.

학문의 진정한 목표는 여러 가지 발견과 발명을 통해 인간 생활을 풍부하고 윤택하게 하자는 것이다. 올바른 순서를 알고 그것을 따를 때에 학문의 진보가 이룩된다. 우리의 주장은 인간의 감각을 깔보자는 것이 아니라 도와주자는 것이며, 인간의 지성을 업신여기는 것이 아니라 바른 길로 인도하자는 것이다. 고정관념을 버리는 일, 그리고 적당한 시기가 될 때까지 성급한 일반화의 유혹을 물리치는 일, 이 두 가지가 무엇보다 중요하다.

제2권 '건설편'에서 다루는 것은 인간 지식의 수립 과정에 관한 이야기이다. 학자는 우연히 얻은 경험이 아닌, 계획된 실험을 통해 얻은 경험에서 1차적인 공리를 이끌어 내고 이 공리에서 다시 새로운 실험을 전개해야 한다. '원리나 핵심 공리'를 전제한 삼단논법의 결론은, 베이컨이 보기에는 자연에 대한 예단에 불과했다. 모든 탐구에서 어둠과 난관을 물리치는 밝은 진실의 빛은 오로지 1차적인 공리로부터 나온다. 1차적인 공리란 바로 사물의 형상을 발견하는 데에 필요한 중간 수준의 공리 (intermediate axiom), 즉 실험과 경험을 통해 매개된 결론을 가리킨다.

인간이 규명해야 할 것은 사물의 형상, 즉 사물의 법칙이다. 그리고 학문이 해야 할 일은, 어떤 물체의 본성의 형상이나 그 본성의 진정한 종차(種差), 그러한 본성을 낳은 본성, 그러한 본성이 유래되는 근원을 발견하는 것이다. 예를 들어 '열'의 본성을 알아내기 위해 베이컨은 열의 존재표, 열의 부재표, 열의 비교표를 꼼꼼하게 작성한다. 이 세 가지를 견주어 봄으로써 열의 본성을 귀납적으로 추리한다. 이러한 방식으로 중간 수준의 공리를 수립하는 방법을 시연한다.

형상을 발견하기 위해 참된 귀납법이 먼저 해야 할 일은 (1) 탐구대상본성이 존재하는 사례들을 놓고 보았을 때 그 사례에서 발견할 수 없는 어떤 본성이 있는지를 살펴보고, (2) 탐구대상본성이 부재하는 사례들을 놓고 그 사례들 중에서 발견되는 어떤 본성이 있는지를 살펴보고, (3) 탐구대상본성이 증가하는데도 감소하거나 혹은 그 반대현상을 보이는 어떠한 본성들이 있는지를 살펴본 다음, 이러한 본성들을 찾아내어 제외하거나 배제하는 작업이다. 이러한 과정은 다음과 같이 요약할 수 있다.

한 번에 직관적으로 일반적인 법칙으로서 공리를 파악하는 것은 형상의 부여자인 하느님이나 할 수 있는 일이며, 인간은 그러할 수 없다. 인간이 할 수 있는 일은 부정적 사례에서 출발하여 하나씩 그것들을 배제함으로써 긍정적 사례에 도달하는 것이다. 귀납 추리의 단점은 새로운 사례가 등장할 때마다 매번 다시 검증해야 한다는 점이다. 이것은 절대적 기준에 대한 회의적 태도이지만 코페르니쿠스적인 전환을 가능하게 하는 과학의 개방적 태도를 가리키는 것이기도 하다.

활동 : 자신이 생각하는 진리와 사물의 본질에 대한 글쓰기 계획을 세우고,
글을 써 보자.

구분	내용
범주	
주제	
문제의식	
자료	

공간이 부족할 경우 타 종이 활용

고전과 글쓰기(5) :
감시사회는 정의로운 사회인가,
내 글의 개요 작성하기

1. 감시사회는 정의로운 사회인가? - J.벤담의 『파놉티콘』

J.벤담 『파놉티콘』 분석

제러미 벤담(Jeremy Bentham)는 영국의 공리주의 철학자이자 경제사상가, 법학자이다. 철학사에서 그는 인간에게 쾌락을 주는 것은 선이고 고통을 주는 것은 악이라고 규정하며, 선악의 기준을 공리 즉 효율성 측면에서 판단했다. 여기서 '최대 다수의 최대 행복'이라는 공리주의 철학이 나왔으며, 원형감옥에 대한 그의 생각도 여기에서 기인했다.

벤담의 저서 <파놉티콘>(Panopticon)은 바로 원형감옥에 대한 벤담의 생각을 정리해 놓은 글이다. 어원적으로 '모두'를 뜻하는 'pan'과 '본다'라는 뜻의 'opticon'의 합성어인 이 파놉티콘 개념을 통하여, 벤담은 중앙에 감시탑을 세우고 원둘레를 따라 감방을 만들면 소수의 간수가 다수의 죄수를 용이하게 감시할 수 있다고 생각하였는데, 이는 근대적 감시시스템의 효시가 되었다. 그 이후 프랑스의 철학자 푸코(Michel Foucault)는 벤담의 파놉티콘 속에서 수감자가 언제나 감시받고 있다고 느끼게 해 규율을 내면화시키는 감시시스템의 구조를 읽어내었다. <감시와 처벌>은 이에 대한 푸코의 결과물이다.

역사적으로 볼 때, 근대 산업혁명 이후 영국에서는 전통적인 가치와 질서가 해체되면서 각종 범죄가 사회 문제로 대두되었다. 이에 벤담은 어떻게 하면 효율적인 감금 시설을 만들어 수감자들을 교화하고 재사회화할 것인지를 고민하였는데, 그 고민의 결과물이 바로 <파놉티콘>이었던 것이다.

<파놉티콘>에 대한 번역본으로는 신건수가 옮긴 <파놉티콘>(2007, 책세상문고-고전의세계 064)가 있다. 번역문의 일부를 소개하면 다음과 같다.

(1) 파놉티콘—감시 시설, 특히 감옥에 대한 새로운 원리에 관한 논문

19 만일 다수의 사람에게 일어나는 일을 모두 파악할 수 있는, 그리고 우리가 원하는 방식으로 이끌 수 있도록 그들을 에워쌀 수 있는, 그들의 행동과 [인적] 관계, 생활환경 전체를 확인하고 그 어느 것도 우리의 감시에서 벗어나거나 의도에 어긋나지 않도록 할 수 있는 수단이 있다면, 이것은 국가가 여러 주요 목적에 사용할 수 있는 정말 유용하고 효력 있는 도구임에 틀림없다.

20 중요성, 다양성, 어려움, 이것이 바로 이 원리를 적용하는 데 있어서 [감옥에]

우선권이 있는 이유다. 같은 원리를 연속적으로 다른 시설에 적용하기 위해서는 그가 요구한 까다로운 주의사항 중 몇 개만 없애면 될 것이다.

20 감옥을 완전하게 개혁한다는 것은 죄수들이 바른 행동을 하도록 교화를 보장하고, 신체적·정신적 타락으로 오염된 건강과 청결, 질서, 근면을 확고하게 하며, 비용을 감소시키면서도 공공의 안전을 견고히 하는 것이다.

20 그리고 간단한 건축 아이디어로 이 모든 것을 이루려는 것이 바로 이 글의 목적이다.

  …

23 이 감옥의 본질적인 장점을 한 단어로 표현하기 위해, 진행되는 모든 것을 한눈에 파악할 수 있는 능력을 의미하는 파놉티콘 panoptique / panopticon 이라고 부를 것이다.

(2) 두 번째 부분—파놉티콘의 관리에 대하여

36 고통 완화의 원칙
장기간의 강제 노동을 선고 받은 수감자의 일상적인 상황이 건강 혹은 생명에 해를 끼치거나 치명적인 신체적 고통을 동반해서는 안 된다.

엄격함의 원칙
[수감이라는] 모욕적인 처벌을 당하는 것이 가장 불우한 계층의 사람만인 것은 아니다. 그렇다고 해서 생활, 건강, 신체적 편안함 외에, 수감자에게 죄 없고 자유로운 가난한 사회 구성원보다 더 좋은 조건을 제공해서는 안 된다.

경제성의 원칙
생활, 건강, 신체적 편안함, 필요한 교육, 수감자의 미래 소득 외에, 경제성은 관리에 관한 모든 대상 중에서 가장 먼저 고려되어야 한다. 공공 비용을 지출해서는 안 되며 어떤 목적을 위해 가혹함이나 관대함을 이용해서도 안 된다.

39 권력에 대한 애정은 잠에 빠지는 것을 피할 수 없으나 금전적 관심은 결코 잠을 자지 않는다. 공적 정신은 느슨해지며 새로움은 사라져버린다. 그러나 금전적 이익에 대한 관심은 시간이 지남에 따라 점점 치열해진다.

53 노동, 그것은 부유함의 아버지이며, 가장 훌륭한 재산인데도 왜 저주로 묘사하려 하는가?

68 파놉티콘의 원리는 감시와 경제성을 연결해야 하는 거의 모든 시설에 성공적으로 적용할 수 있다.

활동 : 감시사회에 관한 다음 글을 읽고 주제와 문제의식을 분석해 보자.

영국의 소설가 조지 오웰의 대표작인 <1984>는 누구나 한 번쯤 들어봤을 '빅브라더'라는 단어의 어원이 되는 소설입니다. '빅브라더(Big Brother)'는 정보의 독점으로 사회를 통제하는 관리 권력, 혹은 그러한 사회체계를 일컫는 말인데, 책의 본문 내용 중 가공의 국가 오세아니아 사람들이 가장 많이 듣게 되는 대사인 "빅브라더가 당신을 보고 있다(Big Brother is watching you)"라는 말에서 유래했습니다. 저는 지금 쓰는 글을 통해, 과연 감시사회로 통칭되는 빅브라더는 우리에게 어떤 의미를 가지는가에 대하여 생각해 보고자 합니다.

지금 우리가 살고 있는 현대 사회에서, 누군가와 전화를 하면 통신사 서버에 그 기록이 남고. 어디를 이동하면 CCTV와 휴대폰이 우리의 이동 경로를 추적하여 서버에 기록합니다. 개인이 하는 모든 행동이 데이터화되어 수집되는 것입니다. 그리고 국가와 기업은 이런 감시 데이터를 활용하여 사람들의 생활패턴을 분석하고, 범죄를 예방하고, 사람들을 통제하는 데 활용하고 있습니다. 즉 '감시 사회'로의 진입이 이루어지고 있는 것입니다. 때문에 우리는 이런 '감시 사회'로의 진입이 범죄로부터 우리를 보호하고 안전을 지켜 주는 선한 도구인지, 아니면 개인의 인권을 침해하고 통제하기 위한 악한 도구인지에 대해 논의할 필요성이 있습니다.

사회가 발전하고 개인의 권리가 존중되기 시작하면서, 그리고 인권에 대한 논의가 본격적으로 시작되면서 '프라이버시권'이라고 일컬어지는 개인의 사생활을 보호해야 한다는 사회적 인식이 자리잡기 시작했습니다. 세계인권선언 제12조에서는 "개인은 자신의 개인적인 일, 가족, 주거 또는 통신에 대해 타인으로부터 간섭받거나 명예와 신용에 대해 공격받을 일은 없다. 사람은 누구나 간섭 또는 공격에 대해 법의 보호를 받을 권리를 갖는다."고 명시하고 있고, 우리나라 헌법 역시 "모든 국민은 사생활의 비밀과 자유를 침해받지 아니한다(제17조)."라고 규정하고 있습니다.

그럼에도 불구하고, 감시 사회에서 개인의 인권. 사생활을 침해하고 있다는 논란은 끊이지 않고 발생하고 있습니다. 미국 정부에서 진행하고 있었던 PRISM프로젝트. 스노든의 폭로로 밝혀진 이 프로젝트는 사람들이 인터넷을 통해 하고 있는 통신을 허가를 받지 않은 상태로 광범위하게 불법 감청하고 있었다는 사실이 밝혀진 바 있으며, 우리나라에서도 무분별한 통신사실 조회, 카카오톡 감청 논란, 국가정보원 RCS프로그램 도입 논란 등 다양한 권리침해 사건사고와 관련된 논란이 끊임없이 벌어지고 있습니다.

하지만, 다양한 논란과 시민사회 지식인들의 비판에도 불구하고, 대부분의 국가는 감시사회로의 진입을 적극적으로 추진하고 있습니다. 또한 대다수의 일반적인 시민들 역시 이에 반대하고 있지 않습니다. 개인의 인권을 침해하고 있다는 논란에도, 그리고 그 논란이 실제로 밝혀졌음에도 불구하고 사람들은 '악한 행위'라고 보는 것이 아니라, 사람들을 지키는 효과가 더 크다고 말합니다. 국가가 법을 지키고, 국민이 정한 선을 넘지 않는 한도 내에서 '감시 사회'라는 도구를 이용한다면 그 국가에 사는 선량한 사람들은 자신들의 안전을 더욱 확실하게 보장받을 수 있기 때문입니다.

앞서 살핀 것처럼, 감시사회로의 진입은 장점만 있는 것도, 단점만 있는 것도 아닙니다. 우리나라의 실태를 분석해 본다면. 앞서 말한 헌법에서 사생활의 비밀과 자유를 보장하고 있고, 정보통신망 이용촉진 및 정보보호 등에 관한 법률과 개인정보보호법에서 개인을 식별할 수 있는 정보는 법에 근거하지 않은 이상 마음대로 수집하고 확인할 수 없도록 보장하고 있으며, 국가가 이 권한을 함부로 행사할 수 없도록, 심지어 수사기관조차 권한을 함부로 행사할 수 없도록 그 제한을 강하게 규제하고 있습니다. 결국 활용하는 사람이 문제인 것입니다.

앞서 살핀 논란들. 카카오톡 감청과 국가정보원의 RCS프로그램 사용. 모두 법률적으로는 할 수 없도록 막아놓고 있습니다. 하지만 국가기관의 구성원이 법을 어기고 이런 논란을 만들었습니다. 이는 감시사회가 개인의 인권을 침해하는 '악한 도구'로 사용된 사례라고 할 수 있습니다. 하지만, 이런 가능성과 사례에도 불구하고 감시사회로 인하여 개인들은 밤길을 마음놓고 다닐 수 있게 안전을 보장(CCTV)받고 있으며, 다양한 인터넷 범죄와 금융 범죄로부터 보호받고, 테러단체들의 압박을 감시하여 국가의 안전을 보장하고 있습니다.

'감시 사회'의 필요성. 없다고 할 수 없습니다. 현대 사회에서는 다양한 정보가 '사용자 편의를 보장'하기 위해서 어쩔 수 없이 수집되고 있고, 이런 정보를 활용하지 않는 것은 정보화 사회에서 그 자원을 활용하지 않는 시대에 뒤처진 사회가 될 뿐입니다. 우리는 이런 감시 사회가 우리의 안전을 보장하고 있다는 것을 명확히 인식하고 있고, 그것을 국가가 '악한 도구'로 활용할 수 없도록 '국가를 감시'하는 제도적인 수단을 만들어 '선한 장치'로 유지시켜야 합니다.

인도의 정신적 지도자 마하트마 간디는 "미래는 현재의 우리가 무엇을 하는가에 달려 있다."라고 말했습니다. 우리는 지금 정착되고 있는 '감시 사회'라는 장치가 '선한 장치'로 발전할지, '악한 도구'로 전락할지를 선택하는 기로에 서 있습니다. 현재의 우리가 어떤 효과적인 선택을 하느냐에 따라 미래는 달라집니다. 앞서 설명한 것처럼. 우리는 국가가 '감시 사회'를 '악한 도구'로 활용할 수 없도록 행동하고, 우리의 안전을 보장받으면서도 개인의 인권을 침해하지 않는, 그런 '선한 장치'로 만들어나가야 할 것입니다.

구분	내용
범주	
주제	
문제의식	
자료	

활동 : 감시사회에 관한 자신의 생각을 주장하는 글쓰기 계획을 세우고,
글을 작성해 보자.

구분	내용
범주	
주제	
문제의식	
자료	

공간이 부족할 경우 타 종이 활용

2. 내 글의 개요 작성하기

박 : 이제 본격적인 소논문 완성 작업에 들어갔구나.

신 : 얼마 안 된 것 같은데 벌써 끝나 가네요. 개요를 작성하고, 초
안을 잡고, 초고 완성하고 탈고해서 발표까지. 얼마 남지 않았
군요.

박 : 그렇네. 그럼 이번 시간에는 개요 작성에 대해 이야기해야겠
구나.

신 : 그렇죠. 개요를 짜는 것은 글쓰기를 설계하는 것이랑 같은 말
이니까. 마치 집을 짓는 데 설계도가 반드시 필요한 것처럼.
글쓰기에 있어서 개요도 필수불가결한 요소니까요.

박 : 그렇지. 개요 짜기 과정이 불완전하면 글쓰기는 결코 완성될
수 없어. 또한 개요 짜기는 글을 쓸 때 중복된 이야기를 서술
하는 것을 방지하고, 또 글의 구성을 효율적으로 하는 데 있
어서도 중요한 단계야.

신 : 그럼 개요 짜기를 어떻게 수행하느냐에 따라 글쓰기의 성패가
갈리겠네요.

박 : 맞아. 글쓰기가 서론(도입, 진술), 본론(반론, 논증), 결론의 형
태를 갖추고 있기에, 개요 짜기에서는 이 각각의 부분에 들어
갈 단락의 개수와 주제문을 정하는 것부터 시작한단다. 그런
데 이런 작업이 결코 쉬운 게 아니니까 당연히 우리가 앞서
준비했던 과정들인 주어진 논제에 대한 논지, 그리고 논거에
대한 이해가 선행되어 있어야겠지.

신 : 그렇죠. 이해가 선행되어야 한다는 게 제일 중요하죠.

박 : 그 다음으로, 개요를 쓰면서 제일 먼저 보게 되는 서론도 정
말 중요해. 아무리 강조해도 지나치지 않단다. 왜냐하면 글 전

체의 내용과 수준은 서로의 개용에서 어느 정도 결정되기 때문이야. 특히 서론에서는 강한 인상을 주는 도입글로 다른 글들과의 차별화를 시도해야 한단다. 또한 주의를 환시키는 문제 제기와 논의 방향에 대한 분명한 언급이 있어야 하지.

신 : 서론의 내용이 그렇다면, 본론에 대한 개요를 쓸 때는 논지에 적합한 논거를 쓰는 데 주력해야겠네요.

박 : 맞아. 본론의 개요를 쓸 때는, 적합한 논거를 찾는 것이 제일 중요해. 논리적 비약이나 사실 왜곡은 논술의 치명적인 결함이기 때문이야. 또한 논거를 찾을 때는 제시문 안이 아니라 밖에서 찾도록 해야 하는데 만약 주어진 제시문 안에서만 논거를 찾아 제시하거나, 글 안의 내용에서 순환된 논증을 한다면, 좋은 평가를 받기는 힘들 거야.

신 : 그게 바로 순환논증의 오류겠네요. 논술적인 글쓰기에서 논의는 주관적인 기술이라기보다는 객관적인 논의로 이루어져야 하니까.

박 : 더불어 논의의 방향 역시 일반적인 것에서 특수한 것으로, 또 추상적인 것에서 구체적인 것으로 이행하는 것이 좋지.

신 : 참. 그리고 전에 말씀하신 내용이 하나 있어요. 본론에 대한 논의는 항상 자신의 논지에 대한 논거 확립과 아울러 논적의 논지에 대한 객관적인 비판과 함께 이루어져야 한다고 말씀하셨어요.

박 : 정확해. 그럼, 결론의 개요는 어떻게 쓰면 좋을지 말해보겠니?

신 : 음. 결론에서는 글 전체의 내용을 명확하게 요약해서 제시해야겠죠. 물론 본론의 내용을 단순히 요약하는 선에 그쳐서는 안 되겠지만 말이에요.

박 : 결론을 쓸 때는 논제와 다른 새로운 논의를 제기하는 것을 주

의해야 해.

신 : 아. 그것도 중요한 요소죠. 오직 주어진 논제를 새롭게, 잘 요
약하면서 그와 관련된 긍정적인 전망을 보여주고, 글을 마무
리하는 것이죠.

좋은 개요 작성을 위한 TIP

개요를 작성할 때 다음 3가지를 명심해두자.

(1) 가급적 주제문을 명확하게 서술하라.
(2) 관계없는 것들은 과감하게 제거하라.
(3) 서론과 결론은 강하게, 흥미롭고 확신을 주는 것으로.

개요 작성 시, 주제문을 뒷받침하는 논거들은 다음 6가지 형태로 준비해보자.

(1) 개념에 대한 명확한 정의.
(2) 명확한 인과관계 제시.
(3) 통계나 수학적 데이터 인용.
(4) 개별적 사례 언급.
(5) 사실적 증거 인용.
(6) 논적의 주제문 비판.

적용 : 자신이 완성할 글의 세부적인 계획을 세워보자(가안)

개념	내용
도입부	
진술부	
반론부	
논증부	
맺음말	

10 주차

초안은 어떻게 쓰나요,
초안은 어떻게 수정하나요

1. 초안은 어떻게 쓰나요?

신 : 교수님, 초안 예시와 분석 부탁드려도 될까요?

박 : 응. 가져와 봐.

참, 그리고 초안을 적을 때, 어떻게 적어야 하는 지 알고 있지? Outline을 작성할 때는 하나의 문장으로 명확하게 표현된 주제문으로 시작해야 한단다. 그리고 이러한 주제문을 뒷받침하는 것들은 어떤 것이 있는지 세밀하게 체크해야 해. 언제 어디서나 아이디어가 떠오르면 리스트를 만들고, 그 리스트를 유기적으로 결합해 봐. 다음 outline은 김용규의 <설득의 논리학>에 나오는 내용을 조금 수정한 거야. 많은 도움이 될 거야.

OUTLINE	
서론	[머리말] "급할수록 돌아가라."는 옛말이 있다. (…) [진술부] 사실 우리나라는 지구상 유일한 민족 분단국가이다. 그 때문에 통일을 하루 빨리 앞당겨야 한다는 주장이 거세지고 있다. 그렇다고 통일이 무조건 서두를 일인가? (…)
본론	[반론부] 물론 통일이 지연되면 우리는 앞으로도 많은 고통을 견뎌야만 한다. 국방비를 비롯한 체제 유지비를 계속 부담해야 한다. 또 남·북간의 사회·문화적 이질감도 커질 것이다. [논증부] [논지 제시] 그럼에도 불구하고 통일을 조급히 서둘러서는 안 된다. 통일이 급진적으로 이루어질 경우 발생할 수 있는 심각한 후유증을 고려하면 그렇다. [논거제시] 우리보다 먼저 통일을 한 독일을 보면 알 수 있다. 우선 경제적 타격이 감당할 수 없을 정도로 클 것이다. 통독 이전의 서독 경제는 현 남한 경제와는 비교할 수 없이 큰 규모와 안정된 구조를 갖고 있었다. 하지만 통독 후 한동안 휘청거렸다. 이에 비해 우리 경제는 규모가 빈약할 뿐 아니라, 몇 개의 재벌 기업에 의존하고 있어 안정성 또한 허약하다 (…) 그 뿐만 아니다. 수십 년간 통제경제체제에서 생활해오던 북한 주민들은 갑작스러운 경제적 자유를 감당할 수 없을 것이 분명하다. 따라서 실업자가 증가함은 물론 사회 불만이 팽배하여 범죄가 늘어날 것이다 (…)
결론	[맺음말] 독일 통일의 지휘자였던 쇼이블레도 "통독 후 경제 격차를 줄이는 것도 어렵지만, 동·서독인의 정신적, 심리적 이질감을 극복하는 일은 더 난감하다"라고 고백했다. 통일은 조급히 서두를 일이 아니다. 경제·사회·문화적 격차를 줄여가며 차분히 준비하고 진행해 나가야 한다.

2. 초안 작성·수정하기

활동 : 9, 10주차 개요를 바탕으로 글의 초안을 완성해 보자.

구분	내용
범주	
주제	
문제의식	
자료	

공간이 부족할 경우 타 종이 활용

11 주차

초고 완성하기와
초고 수정하기

1. 초고 완성하기

활동 : 자신이 쓸 글의 초고를 작성해보자

OUTLINE	
서론	
본론	
결론	

2. 초고 작성 및 수정하기

활동 : 9, 10주차 개요를 바탕으로 글의 초안을 완성해 보자.

| |
| |
| |
| |
| |
| |
| |
| |
| |
| |
| |
| |
| |
| |
| |
| |
| |
| |

| |
| |
| |
| |
| |
| |
| |
| |
| |
| |
| |
| |
| |
| |
| |
| |
| |
| |
| |

공간이 부족할 경우 타 종이 활용

12 주차

소논문 완성하기와
소논문 발표하기

1. 소논문 완성하기(윤리서약 및 표절검사)

신 : 교수님. 논문이나 보고서를 작성할 때 윤리 서약을 제출하라고 하는 경우가 많아요. 글쓰기에서의 윤리가 왜 생겨난 걸까요?

박 : 예로부터 표절 등 글쓰기에서 윤리 문제도 많이 발생했고, 또 글을 쓰는 사람은 자신이 쓴 글에 대해 스스로 당당해야 하는데, 사실이 아닌 내용을 쓰거나 다른 사람이 쓴 것을 자신이 쓴 것처럼 보이게 하는 것은 정당하지 못한 행동이기 때문이지. 또한 이가 강조되는 이유는 (1) 신뢰를 바탕으로 진정한 소통이 가능하기 때문이고, (2) 현대사회는 정보의 가치가 강조되는 정보화 사회이고, 정보의 가치는 정보의 신뢰도에 달려 있기 때문이야. 또한 (3) 글쓰기의 윤리를 지키는 것은 자기 자신을 존중하는 행위이고, (4) 교양을 갖춘 지성인으로서 윤리를 지켜야 하기 때문이지.

신 : 표절, 글의 위조나 변조, 자기표절(이전에 자신이 작성해 발표한 글의 일부분을 새로 작성하는 것처럼 이용하는 경우)등이 표절이니까, 결국 이것을 하지 않았다고 스스로 약속하는 것이 바로 윤리서약이군요.

박 : 그렇지. 특히 표절과 관련해서는 '표절검사 시스템'이 따로 있단다. 그리고 표절검사를 하는 이유는 자신이 쓴 글이 다른 사람이 쓴 글과 어느 정도의 유사성을 가지고 있고, 또 인용의 비율이 어느 정도 되는지를 알아보면서 또 논문 등 보고서를 받아보는 사람들에게 자신의 글의 신뢰성을 높이기 위해서라고 할 수 있어. 보통 표절검사는 한글로 된 글의 경우 카피킬러(Copy Killer)를 이용하고, 영어로 된 글의 경우 턴인잇(Turninit)을 이용한단다.

보고서 윤리 서약서

나는 보고서를 제출하며 다음과 같은 윤리사항을 모두 준수하였습니다.

첫째, 이 보고서에 제시된 근거자료(단행본, 논문, 잡지 및 기사, 영상, 인터넷 자료 등)를 형식과 윤리에 맞게 바르게 표기하였다.

둘째, 타인이 작성한 글 뿐 아니라 수식, 도표, 데이터 등을 함부로 조작하지 않았다.

셋째, 내용, 구성면에서 타인의 고유하고 핵심적인 아이디어와 표현을 출처 표시 없이 사용하지 않았다.

넷째, 이 보고서의 창작자는 나 자신이다.

따라서 이와 관련한 윤리적 책임이 있음을 인정합니다.

20 . . . ( )

학과   학번   성명 : ○ ○ ○ (서명)

* 학술적인 글에서 가장 중요한 것은 근거와 출처!

* 표절검사는 이런 근거와 출처를 투명하게 하였으며, 자신의 주장이 글에 담겨있다는 것을 입증하는 것.

* 논문 등을 작성할 때는 설사 본인이 적은 글을 인용하더라도 반드시 '인용'표시를 하고 가져와야 하며.

* 참고한 자료 및 문헌들은 모두 정리하여 글의 마지막에 올려야 한다.

* 또한 지나치게 인용을 많이 한 글이나 인용의 비중이 직접 작성한 글의 비중보다 많을 경우, 좋은 소논문으로 인정받기 힘들다.

* 그렇기에 표절검사의 역할이 중요하다. 소논문을 완성하기 전 표절검사를 함으로써 자신의 글이 얼마나 독창적인지, 얼마나 인용을 잘 처리했는지를 알 수 있기 때문이다.

* 일반적으로 인용문구를 포함해서 글 전체의 15~30% 안쪽으로 인용한 글이 평범한 수준이며, 30%보다 많은 인용을 하였을 경우에는 본인이 직접 작성한 글이라기보다는 지나친 인용으로 표절과 관련된 의혹을 받을 수 있으므로 주의하자.

* 또한 반드시 표절검사를 실시하여 오해를 방지할 수 있도록 하자.

완성된 소논문 및 분석

빅브라더의 등장과 감시사회

- 고도의 정보화 사회에서 국가의 역할과 한계는 어디까지인가 -

1. 서론

정보를 독점하여 사회와 그 구성원들을 통제하는 절대적인 감시권력을 일컫는 '빅브라더(Big Brother)'라는 단어는 고도의 정보화 사회에 들어서고 있는 현대 사회에서 신문기사나 저녁 뉴스에 자주 등장하는 단어이다. 조지 오웰의 <1984>라는 소설에서 유래했는데, 소설 속에서 단어의 정의대로 정보 독점을 통해 가공의 국가 '오세아니아'를 통제하는 '빅 브라더'라는 통치자의 이름을 따 이런 단어가 만들어지게 되었다.

소설의 배경인 오세아니아라는 국가에는 어디를 가든 붙어 있는 "빅브라더가 당신을 보고 계신다(Big Brother is watching you)."라는 프로파간다 포스터가 있다. 이는 오세아니아 국가의 국민들에게 자신은 항상 감시당하고 있다는 부담감을 심어준다. 감시를 통해 그들이 할 수 있는 행위와 사고의 폭을 좁히고, 사상의 자유를 근본적으로 침해하는 모습을 보여주는 것이다. 이는 독재 권력이 보여줄 수 있는 마지막 모습이다.

이런 소설 속의 내용 덕분인지, 앞서 말한 것처럼 이 소설이 알려진 현대에서 '빅브라더'는 소설 속의 오세아니아 사회와 같이 개인의 모든 정신과 생활까지 국가, 혹은 사회체제가 빠짐없이 감시하는 상황을 비유하는 대명사로까지 정착하게 되었다.

이 보고서에서는 어째서 이런 단어가 우리 사회 속에서 고유명사로 받아들여지게 되었는지, 그리고 현대에서 '빅데이터(big data)'를 다루는 '빅브라더'의 등장으로 변화한 국가의 역할과 그 한계는 어디까지인지에 대해 심도 깊게 검토해보고자 한다.

상고 시절 이래 인간은 공동생활을 지향하며 서로 모여 집단을 이루고, 도시를 만들고, 국가를 만들었다. 그리고 국가가 생긴 초기, '상고시대 부족국가'가 가지는 일반적인 역할은 외부 공동체의 침입에 공동으로 대응하여 자신들의 토지, 농작물, 가족, 가축 등을 보호하는 것이었다.[1]

---

1) 비상교육(2012), 「고등학교 국사」, 『선사시대의 문화와 국가의 형성』, 23페이지.

이후 이런 부족국가들은 도시국가로 발전하고, 중세시대에 이르러 국가는 단순히 공동체를 소극적으로 보호하는 것이 아닌 상대 국가와 적극적으로 교류하거나 약한 국가를 침략하여 자국의 이익을 도모하게 되었다. 그리고 이런 과정에서 '힘'을 기반으로 하던 신분제도가 '지배력' 혹은 '권력'을 기반으로 하는 신분제도로 변화하는 과정을 거쳤고[2], 근대에 이르기까지 외부의 방어와 지배에 주력했던 국가의 역할은 현대에 이르러 국가의 구성원들을 타국의 위협과 범죄로부터 보호하는 소극적 역할을 넘어 범죄를 미리 예방하고, 사회 불평등을 해결하며 복지제도의 향상을 통해 적극적으로 그 구성원들의 안녕을 보장하는 것이 목적인 적극적 복지국가로 변화하고 있다. 즉 국가의 역할이 외부의 침략으로부터 구성원을 보호하는 소극적 역할에서 적극적으로 구성원을 돕고 그들을 보호하는 적극적 역할로 바뀌고 있는 것이다.[3]

이러한 국가의 역할 변화로 인하여, 국가가 사람들에게 수집하고, 활용하는 정보는 갈수록 많아지고 있다. 조선시대에는 신분증인 호패에 성명, 생년, 신분, 직업, 거주지 정도의 정보를 적고, 관청이 관리하는 대장에 땅이 누구의 땅인지, 누구 집에 가족이 몇 있는지 정도를 기록했다면[4] 현대에는 국민 전체를 데이터베이스화하여 수백 가지의 개인정보를 수집, 이용하고, CCTV등의 영상장치를 통해 영상정보를 저장하고 있다. 또한 통신사에서는 위치정보와 통화정보를, 금융결제원에서는 카드 등 사용내역 정보를. SNS에서는 생각, 사상, 선호도 등의 정보를 수집하고 있으며, 약학정보원이나 의학정보원 데이터베이스에는 어떤 사람이 무슨 약을 먹었는지까지 기록되고, 저장된다.

언급한 정보들은 '사용자 편의'라는 명목 아래. 사람들이 편해지기 위해 스스로 정보가 수집되는 것을 선택한 것이다. 그리고 지금 현재에도 엄청난 양의 정보들이 모여지고 있다. 합법적으로 정보가 모여지고, 데이터화되어 활용되는 것이다.

이뿐만 아니라 그림자 데이터도 모여진다. 그림자 데이터는 개인들이 이메일, 소셜미디어(SNS), 현금지급기 등을 사용하면서 일상생활에서 남기는 작은(부스러기) 정보로서 원본 정보의 일부가 보존된 데이터를 일컫는데[5], 앞서 언급한 정보와 그림자 데이터가 결합된다면 무서운 일이 일어난다. 앞서 말한 정보들을 결합하고, 활

---

2) 조찬래(2014), 「중세시기 국가 관념의 변화 양상에 관한 연구」, 『사회과학연구』, 25:411-424, 411페이지.
3) 표명환(2013), 「사회복지국가실현과 헌법」, 『법학연구』, 50:1-27, 1-3페이지.
4) 오영선(2003), 「조선전기 한성부의 호적업무」, 『서울학연구』, 39-63, 41페이지.
5) 에레즈 에이든·장바디스트 미셸(2015), 『빅데이터 인문학』, 김재중 역, 사계절, 79-80페이지.

용하여 페이스북과 같은 알고리즘을 통해 개개인의 일상적인 삶을 정확하게 들여다 볼 수 있는 통제사회, 또는 감시사회의 기반을 조성할 수 있게 되는 것이다.[6]

그렇기 때문에, 현대 정보화시대에, 개인과 관련된 다양한 정보들이 쏟아져 한 곳에 집중되는 이 시점에서 우리는 국가의 역할과 한계가 어디까지인지에 대해 논 의해 보아야 한다. '빅데이터'라는 것을 합법적으로 수집하고, 활용할 수 있는 현대 사회에서 과연 국가가 해야 하는 역할은 어디까지이며, 정보를 어느 목적을 위해서 어느 수준까지 활용할 수 있느냐는 것이다. 이에 관해서는 두 가지 학설이 대립하 고 있다. 바로 야경국가설과 감시국가설이다.

야경국가설을 주장한 대표적인 학자는 하버트 스펜서인데, 그는 개인의 자유가 천부적인 권리이고, 개인의 행복은 개인에게 최대의 자유를 허용할 때 성취되는 것 으로 간주한다. 그렇기 때문에 아무리 선한 목적과 동기를 가지고 있더라도 국가가 개인 생활에 개입해서는 안 된다는 주장을 펼친다. 그가 생각하는 국가의 역할은 개인의 생명, 재산, 권리를 보호하는 데 국한된다. 즉, 국가는 외부의 적과 사회 내 부의 범죄로부터 개인의 자유와 권리를 지키는 행위만 해야 한다는 것이다. 이러한 야경국가설의 입장에서는 국가의 역할이 최소화된다. 스펜서는 공교육(의무교육)이 나 공적 빈민구제, 백신접종을 포함한 공중보건, 공장에 대한 안전 규제를 해서는 안 되고, 고아원, 수도 및 하수도, 가축 질병 방지, 소방서, 도서관, 등대, 우편제도, 화폐 및 은행제도 등은 국가가 관리할 것이 아니라 민간에서 운영해야 한다고 주장 했다.[7]

감시국가설은 야경국가설과 달리 국가가 나서서 적극적으로 개인을 감시하고 통 제해야 한다는 주장을 펼친다. 이른바 '국가감시'를 해야 한다는 것인데, 이는 테러 를 방지하거나, 혹은 범죄 수사를 위해 정부가 정보기관 등을 동원하여 내외국인을 감시하는 것을 말한다.[8] 이런 정보는 범죄예방뿐만 아니라 사회안전망을 만드는 데 도 적극적으로 활용되며, 국가는 개인의 생활과 시장경제 등에 적극적으로 개입하 여 이를 조정하고, 통제해 나가야 한다는 주장이다.

---

6) 김성재(2015). 「요지경 속의 빅데이터, 축복인가 재앙인가?」. 『인문연구』, (75), 37-66. 55페이지.
7) 조영훈(2014), 「하버트 스펜서의 복지국가론」, 『사회와이론』, 25, 2014.11, 217-243, 223페이지.
8) 글렌 그린월드 외3인(2015), 『감시국가』, 오수원 역, 모던타임즈, 34-40페이지.

2. 야경국가설과 감시국가설에 대한 비판적 이해

2.1 인간의 기본권

야경국가설과 감시국가설 중 어느 주장이 더 옳은가에 관한 검토에 앞서, 우리는 인간이 가지고 있는 보편적인 기본권에 관한 검토를 해야 한다. 어느 주장이 정보화 사회에 더 적합한지는 보편적, 헌법적 가치인 인간의 기본권에 기반을 두고 검토되어야 마땅하기 때문이다.

인간이 가지는 보편적 기본권에 관한 학설은 여러 가지가 있지만, 이 보고서에서는 대다수의 국가가 동의해서 만든 세계인권선언과, 우리나라에서 보편적으로 적용되는 대한민국헌법을 근거로 인간이 가지는 보편적 권리와 가치는 어떤 것이 있는지에 대해 살펴볼 것이다.

우선 세계인권선언이다. 이 선언 제3조에서는 모든 사람은 생명권과 신체의 자유와 안전을 누릴 권리가 있다고 규정하고 있다. 또한 선언 제12조에서는 어느 누구도 자신의 사생활, 가정, 주거 또는 통신에 대하여 자의적인 간섭을 받지 않으며, 자신의 명예와 신용에 대하여 공격을 받지 아니하고 모든 사람은 그러한 간섭과 공격에 대하여 법률의 보호를 받을 권리를 가진다[9]라고 규정했으며, 선언 제19조에서는 모든 사람은 의견과 표현의 자유에 관한 권리를 가진다고 하였다. 표현의 자유에 관한 이 권리는 간섭받지 않고 의견을 가질 자유와 모든 매체를 통하여 국경에 관계없이 정보와 사상을 추구하고, 접수하고, 전달하는 자유를 포함한다. 또한 선언 제22조에서는 모든 사람은 사회의 일원으로서 사회보장제도에 관한 권리를 가지며, 국가적 노력과 국제적 협력을 통하여, 각국의 조직과 자원에 따라 자신의 존엄성과 인격의 자유로운 발전을 위하여 사회보장을 요구할 권리를 가진다고 규정하고 있고, 제25조에서는 자신이 통제할 수 없는 상황에서의 생계 결핍의 경우 사회보장을 누릴 권리를 가진다고 하였다. 또한 선언 제26조에서는 사람이 가지는 보편적 교육권을 규정하였다.[10]

그리고 대한민국헌법에서는 위 선언의 규정과 같이 생명권과 신체의 자유, 안전, 사생활 침해의 금지, 명예와 신용이 보호, 의견표현의 자유, 사회보장제도, 교육권 등을 명확히 하고 있으며, 특히 헌법 제10조에서 '모든 국민은 인간으로서의 존엄과 가치를 가지며, 행복을 추구할 권리를 가진다. 국가는 개인이 가지는 불가침의 기본적 인권을 확인하고 이를 보장할 의무를 진다.'라고 명시함으로써 사람이 가지는 일

---

9) 국가인권위원회(2014), 「세계인권선언」, 『국제인권조약집』, 통권1부, 14페이지.
10) 같은 책 15페이지.

반적 행동자유권을 보장하고 있다.

또한, 사생활, 통신, 양심의 자유와 비밀 보장은 각각 헌법 제17조, 제18조, 제19조에서 규정하고 있고, 특히 헌법 제37조 제1항에서 '국민의 자유와 권리는 헌법에 열거되지 아니한 이유로 경시되지 아니한다.'고 명시하여 헌법에 열거되지 않은 보편적 기본권 역시 헌법적 가치로 존중해야 한다는 점을 명확히 하고 있다.

또한, 헌법 제37조 제2항에서 '국민의 모든 자유와 권리는 국가안전보장·질서유지 또는 공공복리를 위하여 필요한 경우에 한하여 법률로써 제한할 수 있다'는 소위 '법률유보'조항을 두면서도 이의 단서조항으로 '제한하는 경우에도 자유와 권리의 본질적인 내용을 침해할 수 없다.'고 규정하였다. 이는 국민의 자유와 권리를 제한한다고 하더라도, 인간으로서 가지고 있는 자유와 권리의 보편적이고 본질적인 내용은 침해할 수 없다는 말이다.

이 보고서에서는 사람이 가지는 자유와 권리의 본질적인 내용은 어떤 것인지, 그리고 인간이 가지는 보편적인 권리는 어디까지 제한될 수 있고, 또 국가는 빅데이터를 어디까지 활용할 수 있는지, 어떤 목적으로, 어떤 방법으로, 어떤 인간의 기본권, 어떤 헌법적 가치를 근거로 하여 그런 행위를 할 수 있는지에 대하여 집중적으로 검토하여 우리가 야경국가설과 감시국가설의 내용을 어떻게 검토하고 어떻게 받아들여야 하는지에 대해 살펴볼 것이다.

2.2 공리주의적 입장: 감시국가

영국의 철학자이자 법학자 제레미 벤담(Jeremy Bentham)은 그의 저서 『통치론 단편(A fragment on Government)』에서 입법자는 국민 전체의 이익을 생각해야 하며, '최대 다수의 최대 행복'을 위한 통치가 이루어져야 한다고 주장하였다. 여기서 말하는 '최대 다수의 최대 행복'은 흔히 '공리주의(utilitarianism)' 라는 개념으로 더 많이 알려져 있는데, 한 사람의 권익이 침해된다(불행)고 하더라도 그로 인해서 그보다 많은 행복이 생겨난다면, 이는 정의로운 것이라는 이론이다. '감시국가설'은 이런 공리주의적 입장과 일맥상통하는 학설이라고 할 수 있는데, 사람들의 일정 부분의 권익을 침해한다고 하더라도 그로 인하여 보장되는 모든 시민의 치안과 안전은 국가감시가 초래하는 불행보다 훨씬 큰 행복을 가져온다는 것이다.

하지만 과연 이를 무조건 정의롭고, 옳다고 할 수 있는지에 관해서는 충분한 검토가 필요하다. 따라서 이 보고서에서는 여러 사례를 통해 공리주의적 감시국가론의 정의를 충분히 검토하고 재확인할 것이다.

30년 동안 자신의 삶이 생중계되고 있었던 주인공의 이야기를 다룬 영화 트루먼 쇼,

그리고 미국 NSA의 PRISM프로젝트[11])의 비밀을 폭로한 스노든을 주인공으로 삼은 영화 시티즌 포. 이 영화들은 모두 '감시사회'에 대해 진지하게 고민하고, 생각할 기회를 제공하는 영화이다.

자신의 삶이 24시간 생중계되어 대중에게 알려진다면, 그것은 결코 기본권을 보장받는 상황은 아닐 것이다. 앞서 말한 세계인권선언 제12조와 대한민국헌법 제17조에서 '사생활의 비밀과 자유'를 중대한 기본권으로 보장하고 있는데, 이가 지켜지지 않는 상황이라고 할 수 있다.

공리주의가 주장하는 감시국가설은 바로 이런 상황을 조장한다. 앞서 감시사회는 '국가감시'를 한다고 하였는데, 이는 테러를 방지하거나, 혹은 범죄 수사를 위해 정부가 정보기관 등을 동원하여 내외국인을 감시하는 것[12])을 말한다. 국가가 나서 개인을 24시간 어떤 행동을 하는지 CCTV, 스마트폰, 컴퓨터 사용 내역 등을 무차별적으로 수집하고 분석하여 사회의 안전을 보장하고 범죄를 예방하며 개인을 보호하는 것. 그것이 바로 감시사회의 목적이다.

우리가 살고 있는 현대사회가 감시사회로의 이행기에 있다는 것을 보여주는 사건이 바로 NSA의 PRISM프로젝트라고 할 수 있다. 미국 주요 IT기업들의 데이터 서버에 무차별적으로 접속하고, 국가가 운용하는 CCTV등을 수집, 비교, 분석하여 개개인이 어떤 행동을 하는지, 국가에 위협을 끼칠 수 있는 위험성을 가진 인물은 누구인지, 그리고 그 인물이 24시간동안 무슨 활동을 하고 지내는지, 어떤 사상을 가지고 있고, 어떤 생각을 하는지를 컴퓨터로 분석하는 프로젝트. 전직 NSA직원 스노든의 폭로가 아니었다면, 대중들은 감시사회로의 이행이 이루어지고 있는지조차 파악하지 못하였을 것이다. 진정한 '빅브라더'가 다가오고 있다.

2.3 공리주의 : 반론

헌법 제37조 제2항에서 규정한 일반적 법률유보의 적합성을 판단할 때, 일반적으로 적용하는 네 가지 기준은 '목적의 정당성', '수단의 적절성', '피해의 최소성', '법익의 균형성'이다. 이 보고서에서는 감시사회로의 이행을 앞서 말한 다양한 사례

---

11) 미국 국가안보국(NSA)의 정보 수집 도구로, 구글·페이스북·야후·스카이프·팔톡·유튜브·애플·ADL·MS 등 미국의 주요 IT 기업들이 서비스 운용을 위해 사용하는 서버 컴퓨터에 접속해 사용자 정보를 수집하고 분석하는 시스템이다. 프리즘을 통해 NSA는 개인 이메일과 영상, 사진, 음성 데이터, 파일 전송 내역, 통화 기록, 접속 정보 등 온라인 활동에 관한 모든 정보를 수집한다. '자원 통합·동기화·관리용 기획도구(Planning tool for Resource Integration, Synchronization and Management)'의 약자다.
12) 글렌 그린월드 외3인(2015), 『감시국가』, 오수원 역, 모던타임즈, 34-40페이지.

와 내용을 서술하며 제시할 사례들을 더해 이 네 가지 기준에 맞추어 그 적합성을 검토할 것이다.

우선 목적의 정당성이다. 감시사회로의 이행은 그 목적은 정당하다고 할 수 있다. 사람들을 적극적으로 감시하고 통제하여 사람들이 가지고 있는 잠재적 범죄 피해자가 될 가능성을 낮추고 범죄를 예방하며 소외받는 사람들을 돌보며 사회보장을 보다 효율적으로 돕는다는 감시국가가 가지는 목적은 누가 보더라도 정당하다. '감시국가'가 가지는 목적 자체는 헌법정신에 합치된다는 것이다. 범죄예방과 사회보장. 이는 질서유지와 공공복리를 위하여 필요한 경우이고13) 대부분의 대중들에게 이익이 된다. 그 대표적인 사례가 우리나라의 복지제도이다. 사람들의 소득을 원천징수 제도를 통해 파악하고, 소득수준이 일정 기준에 미치지 않는 사람들을 대상으로 기초생활을 보장하는 기초생활보장제도는 감시사회로의 이행과 빅데이터 수집으로 인하여 많은 성과를 거두었다.14)

다음으로, 수단의 적절성이다. 감시국가는 목적은 정당하나 과연 그 수단이 적합한지에 대해 검토해야 한다는 것이다. 국민의 사생활을 24시간 밀착하여 감시하는 것은 결코 수단이 적절하다고 말할 수 없을 것이다. 세계인권선언과 헌법에서 보장하고 있는 가치인 일반적 행동자유권과 사생활의 비밀과 자유, 양심의 자유, 표현의 자유를 현저하게 침해하고 있기 때문이다. 헌법 제10조에서 일반적 행동자유권을 규정하여 사람은 자유로이 행동할 수 있도록 보장하고 있고, 헌법 제17조에서 사생활의 비밀과 자유를 보장하고 있으며, 헌법 제18조에서는 국가가 개인이 하는 통신의 자유와 비밀을 보장해야 한다고 규정하고 있다. 하지만 감시국가가 행하는 빅데이터 정보수집과 분석은 이에 정면으로 위배된다. 이는 인간이 가지는 기본적인 권리의 본질적인 부분을 침해하는 행위이고, 헌법 제37조 제2항에서 규정한 법률유보의 요건을 충족하지 못하는 초법적이고 반인권적인 행위이다. 즉 감시사회로의 이행은 그 목적은 정당하나 수단이 적절하지 못하다.

수단이 적절하지 못하기 때문에, 당연히 검토의 기준인 피해의 최소성. 혹은 침해의 최소성 요건 역시 충족되지 못하였다고 할 것이고, 침해되는 법익과 국가가 얻게 되는 법익의 균형 역시 침해되는 법익이 불가침의 영역15)이기에 비교의 대상이 될 수 없다.

---

13) 헌법 제37조 제2항 : 국민의 모든 자유와 권리는 국가안전보장·질서유지 또는 공공복리를 위하여 필요한 경우에 한하여 법률로써 제한할 수 있으며,
14) 김종숙·신선미(2012), 「국민기초생활보장제도 10년과 여성근로빈곤의 변화」, 『한국여성정책연구』, 6페이지.
15) 헌법 제10조 : 국가는 개인이 가지는 불가침의 기본적 인권을 확인하고 이를 보장할 의무를 진다.

이처럼, 감시사회로의 이행은 헌법적 가치, 세계인권선언의 가치, 인간이 가지는 본질적 가치를 현저히 침해하고 있다. 이는 아무리 공리주의적 입장이 옳고, 최대 다수의 최대 행복이 중요하다고 하더라도 인정될 수 없는 부분이다. 침해당하는 권익과 얻게 되는 법익이 비교 불가능의 영역이기에, 국가에 무차별적인 권한을 부여하고 통제되지 않는 공리주의적 '감시국가'로의 변화는 적극적으로 저지되어야 한다.

2.4 자유주의적 입장: 야경국가

공리주의가 주장하는 감시국가와 정 반대의 주장을 하는 사람들도 있다. 바로 자유주의적 입장을 가진 사람들이 주장하는 '야경국가'다. 자유주의는 개인의 자유와 자유로운 인격 표현을 중시하는 사상 및 운동으로 사회와 집단은 개인의 자유를 보장하기 위해 존재한다고 보는 이론[16]인데 아무리 선한 목적과 동기를 가지고 있더라도 국가가 개인 생활에 개입해서는 안 된다는 하버트 스펜서의 야경국가설과 그 주장이 일치한다.

그렇다고 해서 무조건적으로 국가가 '야경국가설'에 따라 움직여야 한다는 주장은 아니다. 감시사회가 완전히 필요하지 않은 것은 아니기 때문이다. 또한 아무리 선한 목적과 동기를 가지고 있더라도 국가가 개인 생활에 개입해서는 안 된다는 야경국가설의 주장은 현대 정보화 시대에 적용하기에는 큰 무리가 있는 주장일 것이다. '국방과 외고, 치안 유지 등 개인의 자유와 사유재산을 보호하기 위한 최소한의 활동으로 한정된 국가'[17]를 주장한 A. 스미스의 이론은 현대사회가 추구하는 복지국가로의 이행과는 거리가 있다.

현대 사회에서 빅데이터의 수집과 이용은 그 누구도 막아설 수 없다. 사회를 구성하는 개개인이 자신들의 이익과 편의를 위하여 기업과 국가가 자신의 정보를 수집하는 것에 동의하고 있고, 이를 통해 편리한 일상생활을 향유하고 있기 때문이다. CCTV를 통해 자신들의 안전과 사회질서를 보장받고, 자신의 재산과 소득의 관리를 은행에 위탁하여 현금보관으로 인하여 발생하는 여러 가지 위협(도둑, 강도 등)을 방지한다. 그리고 은행에 있는 재산을 편리하게 사용하기 위하여 신용카드나 체크카드를 활용하고, 세금의 납부를 편리하게 하기 위하여 자신의 소득을 회사가 바로 국가에 보고하는 원천징수제도를 활용한다. 다른 사람과 언제 어디서든 이야기하기

---

16) 박동천(2010), 『깨어있는 시민을 위한 정치학특강』, 모티브북.
17) A. Smith(1779), *An Inquiry into the Nature and Causes of the Wealth of Nations*.

위하여 전화 등의 통신설비를 활용하고, 스마트 폰이 제공하는 위치기반 정보서비스를 이용하기 위해 자신의 위치정보를 통신사와 업체 등에 제공한다. 실질적으로 개인의 행동은 국가가 마음먹는다면 24시간 감시가 가능한 것이다.[18]

당연히 이런 정보를 국가가 전부 활용한다면 큰 문제가 될 것이다. 하지만 이를 아예 활용하지 않는 것 역시 개인 영역에서, 사회 영역에서, 국가 영역에서 큰 손해이다. 이런 정보를 아예 이용하지 않는다는 것은 정보화가 가져다주는 이점을 전혀 활용하지 않게 되는 것이고, 이는 현대국가가 가지는 책무 중 국가안전보장 및 질서유지, 그리고 공공복리를 위한 사회보장에 적극적이지 못하게 되는 결과를 초래한다. 따라서 기본적으로 야경국가를 지향하되 국가는 정보를 어디까지 활용할 수 있고, 어떤 목적으로 어떤 정보를 활용할 수 있는지, 그리고 이를 어떻게 감시하고 감독해야 하는지가 현대 정보화시대를 살아가는 사람들이 가진 숙제라고 할 수 있다.

국가를 통제하지 않고 정보 활용의 한계를 주지 않는다면 그것은 앞서 언급한 감시국가의 사례처럼 단지 기본권을 침해하고, 감시국가로 이행하며, 독재권력 혹은 감시권력이 출현하여 인간이 가지는 일반적 행동자유권, 표현의 자유, 생각의 자유, 통신의 자유, 사생활의 비밀과 자유보장이 전혀 이루어지지 않는 디스토피아적 사회가 이루어질 것이고, 이는 자유주의적 정의관인 개인의 자유와 자유로운 인격 표현과 합치하지 않는다. 공리주의적 감시국가와 자유주의적 야경국가라는 틀 모두, 자연스럽게 빅데이터가 수집되고 있는 현대 정보화 사회에 적용하기에는 무리가 있는 주장이다.

2.5 절충설: 국가의 역할과 그 한계

앞서 살펴본 것과 같이 자유주의적 주장(야경국가)과 공리주의적 주장(감시국가)는 국가의 역할과 그 한계가 현대 사회에 적용하기에는 너무나도 명확하고 치명적이다. 그렇기에 우리는 이 두 가지 주장에서 현대 사회에 받아들일 수 있는, 현대의 정의관에 부합하는 두 주장의 절충설을 찾아나가야 한다.

우선, 공리주의적 감시국가설에서 가져올 수 있는 주장을 살펴보자. 국가는 범죄자를 감시하고 사회안전망을 유지하기 위해서 개인을 감시하고, 빅데이터를 사용할 수 있다는 것이다. 물론 모든 개인을 감시하는 것이 아니라 그 혐의가 특정되고, 충분히 의심을 받을 수 있을 만한 사람에 한해 감시해야 할 것인데, 이는 국가가 자

---

18) 글렌 그린월드 외3인(2015), 『감시국가』, 오수원 역, 모던타임즈, 34-40페이지.

유로이 할 수 있는 것이 아니라 시민 감시단의 모니터링을 받는 등 국민에 의한 국가 통제가 이루어진다는 가정이 있어야 할 것이다.

또한, 서론에서 스펜서의 주장을 언급한 것처럼 복지국가를 만들기 위해서도 국민의 데이터를 활용할 수 있다. 지금의 복지체계는 복지가 필요한 사람들의 신청에 의하여 국가가 복지를 제공하는 것이라면, 공리주의적 감시국가설을 절충한 주장에서는 국가가 먼저 국민의 데이터를 활용하여 복지 대상자를 선별하고, 사전 조사를 거친 이후 먼저 다가가는 복지를 제공하는 것이다, 이가 실제로 적용된다면 소외되는 사람이 없는 한 발짝 앞선 복지혜택을 제공할 수 있을 것이기 때문이다.

다음으로, 자유주의적 야경국가설에서 가져올 수 있는 주장이다. 바로 국가는 개인의 사생활을 침해해서는 안 된다는 내용이다. 물론 아예 침해하지 않을 수는 없지만 그 침해의 범위를 최소화해야 한다는 것. 그것이 바로 자유주의적 야경국가설에서 가져와야 할 가장 중요하고, 인간이 가지는 기본권과 헌법적 가치를 지키는, 인간을 인간답게 만드는 주장이다.

현대를 살아가는 사람들에게 인간으로서 존중받아야 한다는 인권 개념과 헌법적 가치에 따라 자신이 존중받는다는 개념은 너무나도 당연한 개념일지도 모른다. 하지만 불과 백 년 전의 과거에서는 이가 당연하다는 생각을 사회를 살아가는 개개인이 하기는 힘들었을 것이다.

지금도 마찬가지다. 우리는 정보화 시대, 빅데이터라고 불리는 데이터의 홍수 속을 살아가고 있다. 현대에 생각하지 못했던 빅데이터가 가지는 장점과 단점에 대해 국가가 다룰 수 있는 영역을 명확히 하고 국가를 통제하는 문화를 조성하고 사회 속에 받아들여지게 하는 것은 현대를 살아가는 우리가 미래를 살아갈 자손들을 위해 풀어나가야 할 하나의 숙제일 것이다.

3. 맺음말

인도의 정신적 지도자 마하트마 간디는 '미래는 현재의 우리가 무엇을 하는가에 달려 있다'라고 말했다. 우리가, 우리의 자손이 맞이할 미래는 현대를 살아가는 우리가 어떤 행동을 하느냐에 따라 바뀐다는 간디의 명언은 급격하게 변하고 있는 정보화의 물결을 타고 있는 현대인들이 깊이 있게 생각해보아야 하는 화두이다.

데이터의 홍수 속에서 우리의 삶과 사회의 분위기, 기업의 행동과 국가의 행동은 급격하게 변화하고 있다. 그리고 지금까지 우리는 보고서를 통해 이런 변화에 적응하고, 다양한 주장들을 검토하고, 각 주장들의 장단점을 감안하고 차별적으로 주장을 절충하여 사회 분위기에 맞는 최적의 절충설을 만들어 왔다. 이제 남은 일은 국가의 역할과 한계를 명확하게 규정하고, 행동하는 것이다. 우리는 19세기와 20세기의 사람들이 쟁취한 인간의 기본권가 헌법적 가치를 지키고, 발전시켜 나가야 한다.

참고문헌

<논문>
김성재(2015). 「요지경 속의 빅데이터, 축복인가 재앙인가?」, 『인문연구』.
김종숙·신선미(2012), 「국민기초생활보장 10년과 여성근로빈곤의 변화」, 『한국여성정책연구』.
국가인권위원회(2014), 「세계인권선언」, 『국제인권조약집』.
비상교육(2012), 「고등학교 국사」, 『선사시대의 문화와 국가의 형성』.
오영선(2003), 「조선전기 한성부의 호적업무」, 『서울학연구』.
조영훈(2014), 「하버트 스펜서의 복지국가론」, 『사회와이론』.
조찬래(2014), 「중세시기 국가 관념의 변화 양상에 관한 연구」, 『사회과학연구』.
표명환(2013), 「사회복지국가실현과 헌법」, 『법학연구』.
A. Smith(1779), *An Inquiry into the Nature and Causes of the Wealth of Nations*.

<도서>
박동천(2010), 『깨어있는 시민을 위한 정치학특강』, 모티브북.
E. Aiden·J. Michel(2015), 『빅데이터 인문학』, 김재중 역, 사계절, 79-80페이지.
G. Greenwald 외3인(2015), 『감시국가』, 오수원 역, 모던타임즈.
G. Orwell(1949), 『1984』, 김기혁 역, 문학동네.

박교수의 글 분석 & 글쓰기 TIP

1. "빅브라더의 등장과 감시사회: 고도의 정보화 사회에서 국가의 역할과 한계는 어디까지인가"라는 윗 글은 잘 짜인 구성과 풍부한 논거로 이루어진 우수한 글이다. 필자들이 이 책에서 이야기하는 소논문 쓰기의 방법론을 충실히 따른 글이라 할 수 있다.
2. 서론은 논제에 대한 배경 지식을 잘 정리하고 있고, 논쟁점 또한 잘 부각시키고 있다.
3. 본론에서는 야경국가설과 감시국가설에 대한 비판을 통하여 자신의 절충안을 잘 이끌어내고 있다.
4. 자신의 주장에 대한 논거로 다양한 문헌들과 논문들을 인용하는 것이 중요한데, 윗글에서는 그러한 참고자료들이 잘 정리되어 있다.
5. 결론과 참고문헌 모두 깔끔하게 정리되어 있다.

2. 소논문 발표하기

볼테르는 "완벽하다는 것은 최선의 적이다."라고 하였다. 글쓰기에도 이 말은 그대로 통용된다. 아무리 완벽한 1차 원고라고 수정하고 또 수정해야 한다. 좋은 글쓰기란 다시 쓰고 다시 쓰는 과정에서 완성될 수 있는 것이지, 일필휘지로 만들어질 수 있는 것이 아니다. 그러기에 좋은 글을 쓰고자 하는 사람은 볼테르의 말은 기억하고 꼭 실천해야 한다.

글을 수정하는 과정은 지난하다. 먼저, 자기 글을 읽고 평가해줄만한 능력을 가진 사람에게 글을 보여주고 조언을 들어야 한다. 그 사람이 친구라도 좋고, 추천을 받은 지인이라도 좋다. 특히, 자신의 논증에 나타난 약점을 지적해 달라고 하고, 가능하면 적합한 대안을 제시해달라고 부탁해라. 그들의 충고가 끝나면, 그것을 원고에 반영하고, 최종 원고를 한 번 더 점검하라.

최종 원고를 마지막으로 점검할 때는 거시적으로 다음 사항에 유의해야 한다.

(1) 글은 명료하고 가독성이 높아야 한다.
(2) 글의 흐름은 매끄러워야 한다.
(3) 글의 문단은 구조적이어야 한다.
(3) 문단 안에는 소주제문이 있어야 한다.
(4) 글 안에서 눈에 띄는 단어들(1,2,3)을 적극적으로 쓰라.

미시적으로는 다음 사항들을 점검해야 한다.

(1) 불필요한 단어들은 제거해야 한다.
(2) 활력이 없는 단어들은 바로바로 수정해야 한다.
(3) 수동태 동사는 능동태 형태로 바꾸어야 한다.
(4) 논문작성법 매뉴얼 책 하나 정도는 옆에 두고. 리서치 페이퍼를 편집하고 수정할 때 반드시 참고해라.

마지막으로, 문법, 관용어법, 철자, 대소문자. 마침표, 시제 그리고 오타들을 점검하라.

발표 TIP

1. 자신의 소논문이 완성되면 친구들 앞에서 발표해보자. 이 때 소논문의 내용을 A4 1장 내외로 정리하여 5-10분 사이로 발표해보자.
2. 머리 속의 생각은 말이나 글로 표현되지 않으면 완전하지 않다. 그러기에 소논문을 완성하고 난 뒤, 여러 사람들 앞에서 자신의 글을 발표하면 글을 수정하는데 많은 도움을 받을 수 있다.
3. 발표 뒤 질문과 답변의 시간을 가질 수도 있는데, 이 때 새로운 아이디어가 떠오를 수도 있기에 소논문을 완성한 사람은 이 과정을 수행할 것을 권한다.

발표 준비

OUTLINE	
서론	**[도입부]** 조지 오웰의 『1984』를 인용하며 국가가 국민을 감시하는 감시사회의 개념을 설명하고 빅브라더의 등장을 경고한다. **[진술부]** 여기서 국가의 역할과 그 한계에 대하여 검토해야 할 필요성을 제시하고 두 가지 입장(야경국가설과 감시국가설(완전통제설))을 소개한다. 그리고 헌법과 프라이버시권의 내용과 안전보장을 위한 감시의 필요성에 대해 간단하게 소개한다.
본론	**[반론부]** 국가가 국민을 완벽하게 감시하고 통제하는 디스토피아적 세계관의 영화나 애니메이션을 소개하고, 이런 사회에 대한 느낌을 환기한다. 그리고 감시사회를 주장하는 사람들의 대표적인 주장을 취사선택하고, 차용해 온다. 그리고 그들의 근거를 논리적으로 이럴 수도 있다고 검토하고, 마지막에 하지만 헌법과 프라이버시권의 보장은 어떻게 할 것인지에 대해 의문을 제기한다. **[논증부]** 야경국가(국가는 국민의 안전을 보장하는 것이 그 역할의 한계이다)설의 주장을 소개하고, 감시사회의 단점을 비판한다(논박), 연구논문과 설문조사 결과, 헌법이 지키는 가치와 프라이버시권의 내용에 대해 자세하게 소개하고, 어째서 국가가 야경국가가 되어야 하는지 합리적인 근거를 제시한다. 그리고 결국 국가와 국민의 역할은 이렇게 되어야 한다고 정의내린다.
결론	**[맺음말]** 지금까지의 이야기를 통해 두 가지 주장을 살펴보았는데, 지금의 국민감정과 헌법적 가치에 비추어 볼 때 지금의 주장이 옳다는 것을 제시하고 명언을 인용하여 감동을 불어넣는 끝맺음.

참고문헌

Carl Bereiter, "Development in Writing", In L. W. Gregg & E. R. Steinberg
   (eds.), *Cognitive Process in Writing*(Hillsdale, N. J. : LEA, 1980).
김용규, 『설득의 논리학』(웅진지식하우스, 2007).
김호정, 박규철 외, 『글쓰기-인문사회계』(국민대학교 출판부, 2016).
_____, 『글쓰기-이공계』(국민대학교 출판부, 2016).
박규철, 『플라톤의 국가 읽기』(이담북스, 2012).
베이컨, F., 『신기관』(전석용 옮김, 한길사, 2001).
벤담, J., 『파놉티콘』(신건수 옮김, 책세상, 2007).
쓰지 신이치, 『슬로 이즈 뷰티풀』(권희정 옮김, 일월서각, 2010).
윤문원, 『영화 속 논술 1』(세종서적, 2007).
_____, 『영화 속 논술 2』(세종서적, 2007).
푸코, 미셸, 『감시와 처벌: 감옥의 역사』(오생근 옮김, 나남, 2003).
플라톤, 『국가』(박종현 옮김, 서광사, 2005).
_____, 『고르기아스』(김인곤 옮김, 이제이북스, 2011).
_____, 『쉼포지온』(장경춘 옮김, 안티쿠스, 2011).
_____, 『향연』(강철웅 옮김, 이제이북스, 2016).

박규철

국민대학교 교양대학 교수

신승제

국민대학교 법과대학 학생

박교수와 신군의 글쓰기 여행

소논문 쓰기, 어떻게 할까?

초판인쇄 2017년 3월 2일
초판발행 2017년 3월 2일

지은이 박규철·신승제
펴낸이 채종준
펴낸곳 한국학술정보㈜
주소 경기도 파주시 회동길 230(문발동)
전화 031) 908-3181(대표)
팩스 031) 908-3189
홈페이지 http://ebook.kstudy.com
전자우편 출판사업부 publish@kstudy.com
등록 제일산-115호(2000. 6. 19)

ISBN 978-89-268-7854-5 03800